文
景

———

Horizon

Egy
családregény
vége

故事终结

Nádas Péter

［匈牙利］纳道什·彼得 著　余泽民 译

上海人民出版社

"光照在黑暗里，黑暗却不接受光。"

《约翰福音》第 1 章第 5 节

在紫丁香和榛子树丛中间，在一株接骨木树下，在离那棵即使没有风吹拂叶子有时也会摆动的大树不远的地方，住着我们一家三口：爸爸、妈妈和孩子。我当爸爸，小伊娃当妈妈。灌木丛里永远都是黑夜。"总是睡觉！为什么总是要睡觉？"这时候，当妈妈的已经把孩子安顿到床上睡觉。"孩子爸，你给孩子讲一个什么故事吧！"平底锅在她手里叮当作响，因为此刻她正在厨房里清洗餐具。我坐在写字台前翻看妮娜·波塔波娃编写的俄语教材，假装正在学习俄语，但是我刚一听到她的吩咐，就立刻起身走进孩子的房间。我们在孩子房间的地上铺垫了干草，舒适，柔软。我坐到床沿上，把孩子的头抱到我的大腿上。我将手指插进他湿漉漉的头发里，搂抱着他，就像我母亲抱着我时那样。我用手掌抚摸他潮湿的前额，分辨不清我此刻感觉到的到底是自己的手掌，还是他的额头。在他的脖颈上可以看到一条粗粗的血管。一旦割断这条血管，血就会从里边流出来。厨房里，平底锅始终在叮当作响。"你快点给他讲故事呀，孩子爸，不然我们的晚宴会迟到的！"她心里总是惦记着去参加晚宴，但是我并没有急着给孩子讲故事，因为我很愿意让孩子汗津津的脑袋枕在我的大腿上，这种感觉非常好。"你想让我讲什么样的故事啊？"我问。孩子睁开了眼睛说："现在我想再听一遍那棵树的故事。"事实上，此时此刻，我脑子里想的并不是要给孩子讲故事，而是假若他真是我的孩子并枕在我的大腿上，那该有多好。"好吧，那我就讲讲那棵树的故事，你闭上眼睛好好地听。从前，在很久很久以前，有一个地方长着一棵非常特别的树。在这棵树上有一片树叶。当然，这棵树上还长着其他几千片树叶。然而我要讲的，是一片非常特殊的树叶，因为它跟这棵树上的其他所有叶子都不同。我给你讲的这棵树，长在一座被诅咒的花园里。关于这座花园，人们只知道它的存在，但是无论大家怎么寻找都徒劳无果，从来没人能够找到它。当然，有很多侦探都曾试图搜寻它的蛛丝马迹。他们甚

4

至动用了警犬寻找它。你好好听着，别乱动！你在街上是不可能看到它的。甚至，即使从飞机上俯瞰也看不到。但是，我们知道该从哪里进入这座花园。在灌木丛后面有一条通向入口的秘密通道。通过这条秘密的地下通道，我们就能从街上进到花园内！这条秘密通道里居住着蝙蝠。它们之所以住在那里，是因为要担负看守花园的任务。蝙蝠的身体非常臭。即使这样，我们还是出发了，因为我知道，我们只要冲它们大喊：蝙蝠，蝙蝠，袋子里有只皮老鼠！我撒罂粟花籽，我缝麻布袋子！蝙蝠听到我们的喊声，就会立即躲到地洞里最黑暗的角落。虽然我们还随身带了一把手电筒，而且是能够聚光的那种，但要想穿过这条路，仍旧困难重重。因为就在这时，章鱼们来了。它们的眼睛是由反光镜做成的。一旦有谁在地下通道里迷了路，章鱼们就会立刻游过去。这些章鱼都是两栖动物，即使在空气里也能够游得非常快。它们会在夜间从角落里出来，但不会在这种时候使用它们的眼睛，因为它们想偷偷地躲起来。总之，一旦有谁迷了路，章鱼们就会立即游过去，蜂拥而上！它们会张开触手抱住迷路者，缠住他的脖子并用力勒紧，直到他最终断气。当我们穿过地下通道时，能够看到地上留下的累累白骨。因为曾有很多人在通道中迷路，但是从未有人能够成功地进到花园。当时，我们并没有想到这一点。我们以为自己只要能够打败蝙蝠，前边的路就可以畅通无阻。"我奶奶整天都躺在床上，嘴里嚼着酸味的糖果。她花两福林四十菲列买了一大纸袋酸味软心糖。我也很爱吃这种软心糖，因为只要你稍微嘬一小会儿，它就会在你的嘴里滑来滑去；我用舌头将它卷起来，翻转几下，然后突然一咬，覆盆子味道的糖心就会流出来。我奶奶总是亲自去商店里买酸味软心糖。她每次都会买六份，每份一百克重。除了星期五禁食之外，每个星期的每一天，她嘴里都要含着糖果。她将糖果塞到枕头底下，糖都被焐化了，在袋子里粘成了一大坨。如果她同意我从袋子里取出一枚糖吃，有时候我会一下子掰下来三块。但是有的时候，无论我怎么央求她也没有用。"奶奶，给我一块糖吃吧！""不给！""奶奶，给我一块糖吃吧！""一块都没了。""奶奶不要骗我！""我跟你说了，现在没有，不过即使我有，我也不会给你的。糖会把你的牙齿弄坏的。你不能毁掉你的牙齿。牙齿非常重要！"她总是穿着黑色衣服躺在床上，因为我爷爷去世了。自从我爷爷去世后，奶奶就不再做饭了。我吃的总是抹了黄油或芥末酱的面包片，她嘴里总是嚼着软心糖。夜里她不睡觉，站在窗户前，因为她说，我爷爷将会回来，在他回家之前，她是不能睡觉的。我爷爷给我讲过很多故事。不过不是真正的童话，而是关于他自己的生活。"现在我将向你讲述我生活中的幸福经历。"于是，他向我讲述了那些往事。有的时候他对我说："现在我要告诉你，我是怎么死里逃生的。有一次，在1915年1月3日，我跟我的轻骑兵们一起巡逻。当时是在塞尔维亚，那一天的雾气十分浓重。在我们向前行进时，我听到了奇怪的马蹄声。我心里暗想，这是我们自己的马蹄声，只是由于大雾的作用，使得马蹄声听上去增多了一倍，所以才会有这样奇怪的声音。但是就在几秒钟后，一群陌生的骑兵突然从浓雾中冲了出来。他们看上去就像是一堆影子，然而随后发生的事情，我根本就没有时间多想。我们离得实在太近了，若不是战马比人类聪明，我们很可能会撞到一起。战马前蹄腾空，发出嘶鸣。一个该死的塞尔维亚骑兵已经从皮鞘里抽出了战刀。我也拔出了战刀！我们冲向彼此，展开厮杀。但是我的对手占据了更有利的地势，因为他所在的位置要比我更高，他站在一个高坡上。我挥刀劈斩，他寒光嗖嗖——若不是缩身伏在马鞍上，我的脑袋早就飞了。就这样，眼看他就要取到我的首级，我暗叫不好，马上就要完蛋！但说时迟那时快，我的一名轻骑兵冲了过来。未等那个该死的塞尔维亚人举刀落下——毫无疑问，他的战刀一旦落下，会将我连人带马劈作两半！——我的那名轻骑兵已经嗖地砍下了他的脑袋。"爷爷在给我讲这个故事时，忍不住哈哈大笑，笑得假牙脱落，掉在嘴里，于是他会停顿片刻，将假牙推回去，并调整好位置，随后继续往下讲："那是我的第一次脱险。后来还有一次，可以说是我的生日救了我。上帝向我伸出了拯救之手。第二次遇险发生在阜姆 [1]，事发那天恰好是我的生日。那是 1916 年的秋天，正好在 11 月 10 日。'欧根亲王号'行驶在前边，我们紧随其后。但是当我们刚航行了一个小时，就突然听到一声炮响！'欧根亲王号'被两发炮弹击中，很快沉没了。船上的所有人都葬身海底。我们继续平静地向前航

---

[1] Fiume，即今克罗地亚港口城市里耶卡。历史上，这座城市的归属复杂多变，从 1870 年起属于匈牙利王国，成为匈牙利唯一的出海口，由匈牙利指派克罗地亚人担任总督代为管理，直到"一战"结束。——中译注，下同

行，直到停靠进都拉斯[1]港口。但是在整个途中，我的腋窝下长了一个十分恼人的疖子，始终没有破溃，我疼得无法放下胳膊。在那里，可怕的霍乱正等着我们，我们所有人都染上了，但是我也幸运地康复了。在阜姆时，我也曾想搭乘'欧根亲王号'。如果我坐了，肯定也就没命了。由于身上长了一个很大的疖子，所以即使我会游泳也没有办法游！上帝没有抛弃我，他伸出了援助之手。你可以看到，我一直健康地活到现在，已经八十四岁。这是罕见的高龄！但是后来发生了更多的事情。先是一个长颈烛台被人从四楼窗户扔出了出去。到了第三天，我们就被赶出了家门，尽管那时候我已经不年轻了。我们被迫开始长途跋涉，因为苏联人正向这里逼近。即使每天我们能得到两次休息的机会，但是那么短的时间，就连拉一泡屎都不够用。每个人一听到'解散休息'的命令，就都筋疲力尽地原地躺下。有一次，我躺在路上，在萨尔费尔德地区的森林里，我若有所思地望着这片土地，因为我年轻时曾到过这里，世事多变，不禁感叹人生是多么无常！想来那个时候，我完全是因为其他的事情来到这里，我想，这柔软的土地是多

---

[1] Durresi，阿尔巴尼亚港口城市，临亚得里亚海。

么美好，你存在的意义，就是为了带我回来，现在我已经回来了。我要留在这里，你就是我的生命归宿，我想。我不该再从这里站起来了，我想。"每当故事讲到这里，爷爷都会突然仰起头来用德语吼叫，吼得嘴唇都变紫了。"起来！赶快！动身！出发！"他稍微停顿了片刻，脸色煞白，"我躺在地上心里暗想，你愿意吼就吼吧，不管你再怎么吼，对我来说也是徒劳，我已将自己的身体归还给了大地。你看，人就是这样一种自以为是的动物。自以为拥有自己的生命，仿佛生活是他自我意志的附属物。噢，其实根本就不是这么一回事！因为无论我自己怎么想，一切都会以别的方式发生。德国兵站到我的跟前，用威胁的口吻问我：'亲爱的犹太人，你为什么不想站起来？'我吃力地抬头看他。看到他已经拔出了手枪。很好，我的性命马上就要结束了。要知道，此刻我想要的正是死亡，我想死在这里，我的死亡并非取决于他的意志，而是出于我自身的愿望。请你开枪吧！立刻打死我吧！但是他并没有扣动扳机，而是将手枪放回到枪套。他盯着我看。他有一双聪颖、温和的棕色眼睛，就像狗的眼睛。他冲我啐了一口吐沫，并且狠狠地踢了我一脚，然后继续往前走。上帝就这样救下我的性命。他把我丢在了途中，让我活了下来。"自从爷爷去世后，奶奶总是先关上灯，而后才坐到我的床边给我讲故事。她不喜欢浪费电。有一次我央求她，给我讲讲我妈妈的事情吧。但是奶奶一言不发地等待着我入睡。我更喜欢虚构的故事。因此，当轮到我扮演爸爸的角色时，当我们需要哄孩子上床睡觉时，我总喜欢自己编一些故事。那个关于树的童话，接下来我是这样演绎的："我们找到了两根棍子，攥在手里继续往前走。可是章鱼群来了！足有上百只。每只章鱼都长有五十条长长的触手。我冲它们挥了挥手。它们看到了我们，但是它们不知道该拿我们怎么办。就在它们犹豫的瞬间，我们已经进到了花园里。你们能做的只是追着我们看！但是我们同样也能看你们。这座花园里长满了树木，而且都是一些很奇特的树。园中的树木各式各样，稀奇古怪，没有人能都知道它们是哪一种，恐怕连一棵都不清楚。有些树我们本来以为是桃树，可是枝头上挂着的却是李子、樱桃、欧洲酸樱桃，甚至还有一串串葡萄。我们可以放开肚皮吃一个痛快，想吃多少就吃多少。但是我想要讲的那一棵树，我们过了很久才注意到它在哪里。"我没有再讲下去。一个奇怪的脑袋枕在我的腿上，我甚至都不清楚它是怎么到我怀里的。他半张着嘴，均匀地呼吸着。在远处的某个地方，有一辆汽车停了下来，但是引擎还在继续转动。我仿佛看到自己睡在我的怀里。我很想弯下身子，将我的头垂到他的头旁边，这样我就可以跟他一起睡觉了。我小心翼翼地将手掌从他的额头上抬起。他感觉到了，抽搐了一下，合上了嘴。现在，他用鼻子呼吸的声音变得更响了。那辆车的引擎在街上嗡嗡轰鸣。我本来希望自己也能有一个这样的额头，但是我的头发太长，盖住了前额，为此感到隐隐的羞惭。小伊娃还在厨房里刮弄平底锅。房间里闷热，没有一丝微风。即便如此，还是有些光斑以某种无法预知的节奏在微微颤动。在他的额头上也有一个小小的光斑在移动，照进了他的头发里，之后又滑了出来。我已经后悔将手从那里移开了。我想再次体验那种感受，我的手就是他的额头。"你为什么还不给他讲故事？"小伊娃催问我。"他已经睡着了。不是装睡，他是真的睡着了。"我回答说。小伊娃将平底锅放到了架子上。所谓的架子，实际就是一块支在两根树枝间的木头板，但是我们把它称作"碗橱"。如果我们不小心踢到支在木板下的树枝，摆在上面的平底锅就会全部掉到地上。每次遇到这种情况，小伊娃都会这样跟我说："孩子爸，碗橱坏了，真应该修理一下了！"尽管她小心翼翼地从碗橱旁走过，但还是不经意间踢到了树枝，不过这一次平底锅并没有掉到地上。我嗅到了女孩身上的味道。仿佛颤抖的不是光，而是她的皮肤。"我们必须去参加今天的晚宴！"她穿着一条小泳裤和一个带褶边的胸罩。但是无论她怎么用力抻扯，她的乳房都小得还不足以撑满胸罩。我们总是爬过树丛去参加晚宴，她的粉红色长纱裙垂到了地上，她说，她还要戴一些首饰。"女人不能戴太多的首饰。佩戴首饰的原则永远是少而精，要贵重、好看、经过悉心挑选，你知道吗？"所有人都会被她所吸引。她用两根手指轻轻提起长裙的下摆翩翩起舞。"枝形吊灯明亮耀眼！而且还是水晶的！"然而我并没有心情去参加晚宴。现在我可以同时感受到两副身体的触觉和重量。"我们还是亲热一下吧！"我搂住了她。我的嘴里有她的味道，这种味道，在孩子正在变干的头发里和孩子的房间里也能够闻到。"怎么样？"我的身体向后靠去，她的身体也随着我的动作一起倒向了我。现在我必须吻她，现在我必须吻她。"就像那样。"她赤裸的肚皮贴在我的肚子上。孩子温暖的脑袋顶在我的腹股沟处。但是就在这时，在花园的那边，他们俩的母亲开始大声地喊叫："加博尔、伊娃，快从水里出来！加博尔、伊娃，快从水里出来！加博尔、伊娃，快从水里出来！"他们的母亲以为我们一直还泡在游泳池里。伊娃咬了我的脖子一口。我们彼此望了一眼。我揉了揉脖子上被咬的部位，其实我并不想揉按，而且根本也没有感到疼。他们的母亲站在露台上，身上穿着那件她曾经脱下过的睡袍。有一次，她曾赤身裸体地穿过房间，当时我们正好在那个房间里玩耍。尽管我很期待能够再次看到她赤身裸体地从我眼前走过，但是这愿望落空了。奇怪的是，只要我期待某件事情发生，那么它就永远不会再发生。我们过家家的游戏也这样玩过：我扮演孩子，加博尔扮演爸爸。这样角色分配的有趣之处是，他的行为与我的截然不同。但是在晚饭之后，当他们要哄孩子上床睡觉时，他也会给我讲故事。如果他们俩在一起亲热，我必须闭上眼睛。小伊娃说，加博尔很会亲吻。我们还这样分派过角色：小伊娃扮演孩子，在这种情况下，我当爸爸，加博尔当妈妈。小伊娃总是黏着她的母亲，而不喜欢她的父亲，因为她父亲总是待在阿根廷不回来。如果轮到我当孩子，那样也不错，因为小伊娃可以当我的妈妈。每当加博尔扮演爸爸的角色时，他总是去阿根廷旅游，也总是将那里发生的事情讲给我听。我的父亲很少回家。我们总是知道他什么时候回来，因为在他回来之前，我们能够接到电报。我会站到街上眺望。当看到他走过来时，我会迎着他跑过去，跑到他跟前。我撒腿奔跑，他拎着他那只棕色公文包向我走来。直到我们离得已经很近时，他才向我张开双臂。他的脸上胡子拉碴的，因为总是在深夜出行。他的衣服很臭，因为他住在军营里，要在那里完成刑讯。但是我喜欢那种气味。我搂着他的脖子，就这样，他带着我继续往前走。后来，他把我的胳膊从他的脖子上扯下来，将自己的军帽戴到我头上。有时候，他看我的那种眼神，好像他并不喜欢我似的，他以为我没有意识到，但我意识到了。他用手指轻轻划过我的嘴唇。他的帽子也很臭。奶奶用汽油洗他的制服夹克、裤子和军帽，为了能够迅速晾干。他已经搭乘早班列车回去工作了。这种时候不可以点烟，以免挥发的汽油引起爆炸。他穿着我爷爷的睡袍坐在我爷爷的那把沙发椅里。但是无论我用什么方式看他，他都不像爷爷。我心里暗想，既然他长得不像爷爷，那么我长大后也不会像他。当他离开家时，我还在睡觉，不过他来到我的床边，弯下腰亲了我的脸，并用手指轻轻划过我的嘴唇。那时，他的脸很光滑，他的制服上还留着汽油味。我爷爷只要一开口说话，总是大喊大叫。他不说话时，会将双手合在一起夹在两膝之间，耷拉着脑袋，弓腰驼背。这种时候，看不出来他有多高大。如果他很长时间都不跟任何人说话，就会坐在沙发椅里睡着。我父亲跷着二郎腿，将一个胳膊肘搭在上面一条腿的膝盖上，另一只手里夹着香烟，但是很快他就从沙发椅里猛地跳起，在房间里来回踱步。他不断拿起东西查看，仿佛是第一次见到它们。他会闻闻食物的味道，还用手指在家具上轻轻滑动。等他在房间里走够了，就会躺到床上。我看到他想要睡觉了，而且闭上了眼睛，但是又忽然扬起目光，毫无缘由地笑了起来。"你在笑什么？"我问他。他皱起了眉头："我笑了吗？哦不，没有什么。也许我想起了什么有趣的事情。"有的时候，我也做出尝试，想看看我笑的时候会发生什么。我突然大笑，但是他并没有问过我为什么要笑。然而，假如他开口问我，我会告诉他，我之所以笑，是想试着体验一下他笑时的感觉。晚上，我可以上床躺在他身边，叫他给我讲个什么故事。"你想让我讲故事吗？

那好，让我想一想讲什么！上帝啊，我实在想不出什么故事来。一个故事都想不起来。噢，有了！我给你讲一个靴子的故事好吗？那好。从前，在很久很久以前，在大海的彼岸，在世界的尽头，曾经有过两只靴子。这两只靴子是彼此匹配的一双。它们是朋友。它们是特别要好的朋友，它们俩好得以至于没有哪只能够想象自己可以离开另一只而存在。如果一只靴子迈开了脚步，另一只靴子也会紧随其后。如果一只靴子停了下来，另一只靴子也会跟着停下。因此一只靴子被叫作'一只'，另一只靴子被叫作'另一只'。一只和另一只不仅白天在一起，夜里它们俩也待在一起。它们每天晚上都站在床尾。它们习惯站着睡觉，但是并不感到疲惫，因为它们的身子彼此相靠。它们非常喜欢感受对方的肌肤！事实上，它们只想这样相互靠着，其他的什么都不想。它们就这样平静地活着。但是它们慢慢地变老了，被人扔进了垃圾桶。一只被丢在左边，另一只被丢在右边。至于后来发生了什么，我就不知道了。好啦，这个故事讲完了。你去睡觉吧。"我不愿相信一切就这样结束了。可我不得不回到我自己的床上。"那双靴子，那双靴子后来怎么样了？"当夜幕重新降临，我又可以在黑暗中躺在他身边时，我迫不及待地问他。"什么靴子？""曾经是朋友的那双靴子。""噢，我想起来了！那双靴子。我也不知道后来到底发生了什么，它们后来的事情，我真的一无所知。"就在他离开家去搭乘早班列车时，我心里暗想，我要是能够像他那样该有多好，或者，能够像我爷爷那样。但是我无法做出抉择，因为将自己想象为小伊娃和加博尔的母亲其实也很好，有一次她曾赤身裸体地穿过房间，丝毫都不感到害羞。假如她是我的母亲，那我的额头就会长得和加博尔一样。轮到加博尔扮演爸爸时，当妈妈叫我上床睡觉后，他便会来到孩子的房间，来到我的床边。他并没有将我的头抱到他的怀里，而是把两个手掌放到我的脖子上。有时他会紧紧掐住我的脖子，好像想要把我掐死，于是我们会厮打起来。他如果不掐我的脖子，那么也会给我讲故事。他喜欢讲一个女人的故事，那个女人的名字叫克里奥佩特拉，在他们的一本书里有她的画像。"从前有一个女人，名叫克里奥佩特拉，她正躺在闷热的房间里。你想让我揍你吗？她在自己的房间里，躺在床上一言不发。忽然房门开了，但是并没有人走进来。'谁在那里？'女人问。也许是个鬼魂。但是她很快意识到，推门进来的并不是鬼魂，而是一条蛇。'你这条蛇来这里做什么？'名叫克里奥佩特拉的女人不解地问它。'我来这里是为了能够伺候您。'蛇嘶嘶地应道。'谢谢你的热心，'女人说，'但是我已经有仆人了，而且有一百个！''可是你找不到像我这样的仆人！''为什么，你这条蛇会有什么样的本事？'女人问。""别总是'女人女人'的，要讲你就好好地讲，说出她的名字！"我打断了他。"你给我闭嘴！我刚才讲到，女人问这条蛇会什么样的本事，难道它比她的仆人们会得还要多？但是这条蛇只是微笑，然后问她：'克里奥佩特拉，你是不是热得难以忍受？''我是热得很难受。''你的仆人们是不是帮不了你？''是的，他们对此也无能为力。''我的身体很凉，像冰一样凉！'这条蛇说，'如果我爬到你的身上，可以让你感觉到凉爽。''那你就赶紧过来吧！'女人说。蛇二话不说，迅速爬到了克里奥佩特拉的身上。不仅缠住了她的肚子，而且还爬到她的乳房上，它仔细查看了她的身体。同时它问克里奥佩特拉：'你想吃一个苹果吗？''哦，我现在还是很热，不，现在我不想吃。你别走开！继续在我身上爬吧，因为你的身子真的很凉。'于是，蛇毫不犹豫地在克里奥佩特拉身上爬来爬去，直到爬进她的身体里。可它无法再爬出来，只好住在里面，在那里面继续活着。这对克里奥佩特拉来说也很好，因为她不再感到那么热了。但是过了一段时间后，克里奥佩特拉的肚子开始变大，她以为自己要生孩子了。医生剖开了她的肚子，这时候，那条蛇带着许多小蛇爬了出来，生出孩子的并不是克里奥佩特拉，而是聪明的蛇。邪恶的克里奥佩特拉死掉了。"我安静地听着，其实我知道结尾会怎样，一旦故事结束，打闹就会开始。"这也太蠢了，这不会是真的！"但是当我给他讲树的故事时，我们同样也会打闹。因为我关于树的故事是这样结尾的："我们吃饱了之后，躺在草地上。我们的肚子吃得实在太撑了，以至于我们都闭不上眼睛。我们刚一躺下，就注意到有一棵树的一根树枝朝我们倾斜过来，这棵树跟其他的树没有什么两样，它的树枝也跟其他树的树枝一模一样。然而，在这根朝我们倾斜的树枝上有一片十分特别的树叶。那片树叶微微晃动，好像是在点头，像是在说些什么我们听不懂的话。其他的叶子都没有动，只有这一片树叶在动。后来这片叶子也不再动了。我们感到吃惊，感觉这肯定意味着什么，假如我们无法理解它所传递的信息该怎么办？这时候它又动了起来。不过，它现在动得跟刚才不同，似乎表示它不想做什么，因此没有像刚才那样点头。其他的树叶仍纹丝不动。树叶有它们特殊的语言，只是这种语言只有通过喝魔法饮料才能学到。要知道，这片树叶第三次对我们说话了。开始的时候说得很慢，随后逐渐加快，再后来它完全放慢了讲话的语速，以便我们能够准确地理解它。但是我们并没有听懂。我们准备离开这里，必须去找那种魔法饮料。如果我们能够理解它讲的话，我们就可以留在院子里直到死亡。"我看到他睁开了眼睛，以为我们现在要开始打闹了。"这样的花园根本就不存在，哪里都不可能存在会讲话的树叶！""树叶会讲话！"我坚持说。假如他开始动手，我会让着他的。既然他想打我，那就让他打个痛快，他愿意怎么打就怎么打吧！即使我先动手，也会让他赢。不管怎样，我都不喜欢他给我讲的那个女人与蛇的故事。"公寓"在我们家的院子里，但是因为我们在围栏上开了一个洞，所以从他们家的院子里也可以爬进去。假如他们不来，我就等他们。我们将灌木丛之间的缝隙称作"窗户"。加博尔和小伊娃在游泳池里玩耍，坐在木盆里划船。他们走到露台上，他们的母亲经常穿着睡袍在那里叫喊。他们在玩球。我并不能偷看太久，因为他们也随时在观察，看我是否隐伏在哪个角落。而后，我进到屋里，独自一人，今天他们俩没有过来。我可以在"公寓"里干我想要干的事情。我险些就要崩溃。最终我什么也没做。一旦我等待某件事情发生但却没有发生，我就会感到害怕，担心永远都会是这样。爷爷在床上躺了两天之后才被人拉走。他始终以同样的姿势躺在那里。即使有只苍蝇落到他的眼睛上，他也没有注意到。奶奶白天睡觉。我站在床前盯着她看，听她是否还在呼吸。有的时候，我会被一个突如其来的念头捕摄，感到她死了，于是立刻跑回家。但是奶奶并不总是躺在床上。如果出门，她会换上非常体面的衣服。她会穿上那件印有大朵花卉图案的丝绸连衣裙。她会将睡觉时在床上穿的那件黑色睡衣丢在爷爷的沙发椅里。桌上摆着她那顶白色的帽子和那只白色的皮包。"你留在家里哪里也别去！他们叫我过去一趟。去做证人！"她将白色的礼帽戴在头上，认真地打量镜子中的自己。无论我怎么央求她带我一起去都无济于事。她告诉我说，这是一件非常严肃的事，她在那里担负有重要的任务，而且是一项秘密任务。那时我已经知道，我的脑袋可以从栅栏的两根铁杆之间钻过去。她即使锁上院门，我也是能够出去的。在隔壁院内，在加博尔和小伊娃的母亲经常穿着睡袍从那里大声喊叫的露台上，站着两个男人。他们都在抽烟。木盆漂在游泳池里。平时我们爱玩的游戏是，拔掉木盆上的塞子，让船沉没，海盗们获胜。我看到奶奶的礼帽在台阶的扶手后逐步上升。一个男人将奶奶带进了屋内；另一个人留在露台上继续抽烟，并且望着花园。我蹲的位置非常好，那个人不会发现我正躲在这里窥视他。有时候，我想，有的人根本就不知道我的存在。天色已经变暗。很长时间没有人出来了。我努力想象着家里被搜查的情景。阁楼。地下室。奶奶一走，我就翻遍了所有的橱柜。我担心他们会在地下室里发现我们的另一个家，那是在冬天建造的。一个男人拖着皮箱出来了，在石子路上发出吱扭吱扭刺耳的声响。他们肯定在搬家。这时另一个男人也出来了。他们又一起重回到房子里。我暗中猜想，也许是加博尔和小伊娃的父亲从阿根廷回来了。他们抬出一张桌子摆到露台上。奶奶还没有出来。他们进到屋里。两个人搬出一只沙发椅。随后，他们又搬出另外几把椅子，准确地说，是用力一推，让椅子在光滑的瓷砖地上滑出很远。其中有一把椅子的腿被卡了一下，翻倒在地。可以听到响亮的啪的一声，随后一切又恢复了寂静。我能想到的只有他们不是在搬家，就是准备出去避暑。然而我并不知道，情况并非我想象的那样。夜里，我梦见爷爷站在房间中央，因为他不得不离开家。不过我还是认为，只要我拥抱他，只要我哭，只要我央求他不要离开，那么他就会留在家里。当我将脸贴到他的脸上时，我感觉到了他的胡茬，因为他习惯隔天才刮一次胡子。奶奶回到家后，说她感到十分疲惫，已经筋疲力尽。她将白色礼帽和白色皮包放在桌子上。"我们发现了十公斤白糖、两桶猪油和三十双尼龙袜。三十双。还有那些珠宝！"她关上窗户，为了不让小虫子循着光亮飞进屋来。她向我保证，只要我好好地躺下睡觉，她就会给我讲戈纳·伊娃的传奇故事。

爷爷死后，奶奶将一个盛满清水的洗碗桶放到火炉上加热，并将两把盐和一包黑色粉末撒到水中，之后搅拌了一下。就这样，她用这桶黑水将她棕色、灰色和深蓝色的衣服全都煮成了黑色。然而，我很喜欢看她穿灰色的衣裳，尤其是将金蝴蝶别在衣领上。只有那件印有大朵花卉图案的丝绸长裙没有被煮，依然保持了原来的样子——白底黑花。在家时，她穿着黑色长裙躺在床上，那件长裙曾是棕色的；出门时，她则会换上另一条黑裙，以前那曾是灰色的。她将金蝴蝶放在一只铁盒里，并总是将铁盒的钥匙带在身上。透过我房间的窗户可以望到花园的大门。窗户很高大，窗台也很宽，想来因为这是一栋老房子。奶奶前脚刚一出门，我后脚就跑到窗户前，从那里偷看，直到她的背影在林荫夹道的小街上消失。有时她会掉头回来，因为忘了带什么东西。她很担心房子万一着火，担心她在商店里耐心排队时，我被烧死在家里。我暗中想象，万一真发生了火灾该怎么办。我正好可以从栅栏的两根铁杆之间爬出去。我可以打开窗户，从屋里爬出去。如果火灾发生在夏天，窗户本来就是开着的。加博尔曾说，他听他的父亲讲过，只要一个人的脑袋能够穿过某道缝隙，那么就不必害怕，因为他的身体也肯定能穿过那道缝隙。但我能够肯定，这是加博尔瞎编的，因为他父亲在阿根廷，只是从那里寄来包裹。在他们收到的包裹里，还有巧克力和无花果。我在窗前不知不觉站了许久。有的时候，奶奶已经走了一半的路，仍会中途折返，检查浴室里的防火装置。火焰有可能烧掉整栋房子。在加博尔和小伊娃家的地下室里，我们藏了两盒火柴，那是他们俩搞到的。奶奶出门时，不仅锁上了房门，而且还锁上了院门。她叮嘱我说，无论什么人来，我都不能开门。"除非你父亲回来！"但是从来没有人来过。我想象自己把房子点燃。假如我有两块燧石，我可以摩擦它们，溅出火花，点燃干燥的苔藓。当我爷爷独自被困在森林中时，他就曾用这种方式生火取暖。但问题是我不知道哪块石头才是燧石。我在电影里看到过火势蔓延的场景。先是窗帘，然后是地板、家具。等屋里的东西都燃烧起来之后，火焰会从窗口蹿出，烧向房顶。房顶上的瓦片开始噼啪碎裂。烟囱上有一只德国猫咪。这时候，城堡再一次被炮火击中，德国猫咪被烧死了。街上空无一人。我稍一动弹，脚下的地板就咯吱作响。我喜欢听这声响，因为我知道，我踩踏的时候，只有我能听到。我想象奶奶走在街上。我必须小心，不要想象得太快，而且最好想象两遍，想很长一段时间。破旧的老屋很像电影里的城堡，坐落在陡峭街道的顶端。那是我们坐雪橇滑下来的起点。当奶奶走到破旧的老屋时，我可以确定屋里的确只有我一个人。一旦我没有将地板踩得咯吱作响，就会感觉像还有什么人也在房间里。但是无论我朝哪个方向看，那个人总是在我背后盯视着我。也许这个人并没有在我的房间里，而是能够透过墙壁透视到我。我还检查了床下。如果我打开门，有人可能会躲在门后。这就是为什么我忍不住还要检查门后。奶奶告诉我，是她的奶奶给她讲了那条白色壁洞蛇的故事。有一条白蛇住在墙壁里。每当夜深人静，你就能听到它在墙里头爬行并啃吃墙灰。一旦它从哪个房间的墙洞里爬出来，就说明哪个房间里会有人死去。每栋房子里都隐居着一条壁洞蛇。它既不是绿色，也不是棕色，更不是杂色，而是纯白色，白得就跟白灰墙一样。它在白天从不活动，我走动的时候，只有脚下的地板会咯吱作响。在门厅里，在电话的上方，挂有一面大镜子，我在这面镜子里能够看到那个正站在那里打电话的自己。穿过开在前厅的一扇房门，可以看到一个光线昏暗的房间，房间里摆满各式橱柜，没有窗户。在这里的墙上也挂了一面大镜子。当我穿上不同式样的衣裳从镜子前走过时，也能在镜中看到自己。我想将一条绿色的天鹅绒连衣裙送给小伊娃，让她在我们去参加晚宴的时候穿。在这条长裙腰部衬里的下面缝有一个小口袋，里面装着很硬的东西。我以为奶奶在裙子里藏了钱。当我用剪刀剪开那个口袋时，一些灰色的硬币样的东西掉了出来。我拿给加博尔和小伊娃，告诉他们这些金子是我们的祖先留给我们的，它们之所以被染成了灰色，是为了瞒过别人的眼睛。加博尔拿起其中一枚在自己的牙齿上敲了敲。他说这不是黄金，而是铅，可以熔化。在我们动手将之熔化之前，他叫我跟他去另外的地方，而让小伊娃留在原地，因为这件事与她无关。小伊娃并不想待在房间里。我们去了一个我不熟悉的房间。小伊娃跑进了花园，而且哭了，因为加博尔打了她。在房间的中央摆着一架钢琴，琴盖用一根木杆撑着。我走到钢琴跟前，往琴身里面看了一眼，因为我以为这就是我们来到这里的原因。奶奶告诉过我，她还曾生过一个孩子，但那个孩子死了，因为谷仓的盖子没有支撑好，结果砸到了他的头上。我很喜欢琴身的内部，因为里面的琴弦排列整齐，完好无损。但他叫我来这里，并不是想向我展示钢琴，而是从橱柜里拿出一个装满白色液体的瓶子。他想让我闻一下味道。我觉得很臭。"你不知道这是什么，对吧？你不知道。"他将瓶子在我的鼻子底下摇晃了一下，然后神秘地笑道，"他们将酸奶油装进这只瓶子里，这样妈妈就不会有孩子了！"在橱柜下面，我找到了一只大纸盒。在这个纸盒里可以翻腾很久，因为里面装了特别多的东西。一条丝绸围巾。一个天鹅绒女包，上面刺绣并镶嵌着珍珠，内衬是精致柔软的皮革。两把扇子。棕黄色的老照片。还有信件，信封内是粉红色的衬纸。照片里有我不认识的人。一个女人坐在骆驼的背上，在她的身后能看到两座金字塔。在另一张照片里，这个女人靠在栏杆上，望着水面，看上去很伤心。还有一张照片，一个女人头戴一顶很大的帽子，开心地微笑。这顶大帽子也收藏在盒子里，只是折了起来，不过照片中的帽子看起来更漂亮，而且女人的肚子很大。盒子里还有一件胸罩，里面塞着两个用橡胶海绵制成的乳房。我用手按了按。我从橡胶乳房上掰下一小块，但是它并不适合当橡皮用。我在纸盒里还找到了一件工具，黑色的，很长，很硬，末端有一个洞。这个黑色长形物品的另一端有一个红色橡胶球。我可以把这个红球从黑色的东西上取下来。如果我在球里装满水，然后放回到黑色长形的东西上，用手捏按，水会从末端的一个小孔里滋出来。有时候我会站在一把椅子上，往盥洗池里撒尿。我在浴室里发现了一扇暗门。在橱柜里，在挂着的几件睡袍后面，我看到一个很大的白色按钮。起初，我并不知道它是做什么用的。但是我又拽又拧，折腾了好一阵，最终发现了其中的秘密。如果我跨进橱柜，关上身后的柜门，柜子里会变得漆黑而闷热，充满睡袍的奇怪气味。我反复摆弄那个按钮。如果用力拉拽，柜子后的那堵墙上就会打开一扇小门，可以从那里钻出去，躲到楼梯下。我知道了，万一有人追杀我，我可以通过这道暗门逃走。有一次我打开了这扇暗门，但到达的地方并不是楼梯下。

所有人都已经离开了这里。墙上还留有一面镶嵌在金色木框里的长镜子。所有的窗户都挂着深色窗帘，无法看到外面。曾几何时，这里还住着人时，有人曾说：绝对不可以把窗帘拉开。不过房门敞着，我可以进到另一个房间。我朝着镜子走去，看到正在走近的自己。我打量自己，因为我以为我看到的并不是自己，而是某个长得跟我相像的人。但那个人就是我。我认出自己脚上的鞋子，那是一双我从纸盒里找出但忘了放回去的金色高跟鞋。我可以看到许多个房间，一个连着一个的空房间，到处都挂着深色的窗帘。枝形吊灯里的蜡烛早已熄灭，但是并不黑暗。光是从某个地方投过来的。我并没有害怕，因为奶奶不会发现我在这里，然而令人感到不安的是，我只能一直往前走，每个房间都通向另一个相同的房间，一间连着一间，感觉无穷无尽，我不知道要走多远才能走到尽头。我被带到某个地方。假如我能走到看得见外面的花园，我就可以知道自己在哪儿！窗帘只是微微摆动。在窗帘的后面并没有窗户！这是怎么回事？我还记得家具曾经摆放在哪里；想来我在这里住过，想来我只是刚刚被人送回到这里。与此同时，一切都发生了改变。到处落满灰尘。需要打扫。然而我在哪里都找不到一把扫帚。这时候我突然意识到，在最后一个房间里一切未变，仍保持着原样，我开始在房间里奔跑，镜子跟着我一起跑，我看到了奔跑中的自己。在最后一个房间里，确实一切都还是老样子。床还在那里。看上去像有人刚爬出被窝，又大又厚的棉被掀开堆在一边，枕头和床单皱巴巴地压在我的身下。扶手椅上搭着一件睡衣，椅子下放着一个尿盆，里面盛满了尿液。我躺在床上，透过敞开的房门可以看到许多个房间，一个空房间通向另一个空房间，一扇门开向另一扇门。床头柜上放着一个烛台、一本书和一杯水。水面落了一层灰尘。我迅速眺望窗外。刚下过雨。我摸了一下枕头，它很硬。扶手椅后面的那扇暗门半开半掩。我迅速把门打开。我站在一间地下室内，始终能够听到头顶上椅子发出的咯吱声响。无数条管道从四面八方向这里汇聚。这些管道很长，而且有很多拐弯。它们进到井里，但是井里又深又黑，无论我怎么弯腰低头往下看，都看不到井底。楼梯的下面也很昏暗，但还是没有衣柜里那么暗。我们将一把旧扶手椅搬到这里，那还是弗里杰什老伯弄坏的，有一次他坐上去时，扶手椅的一条腿咔嚓一声断了。也许，我们可以攀着一架铁制的梯子下到井底。他们俩正在谈论什么，没有人告诉我。我只能听到爷爷的嗓音。"弗里杰什！"尽管我竖起耳朵认真地听，但还是不明白这到底是怎么回事，"弗里杰什！"旅行箱上贴满了五颜六色的标签。假如我用手掌拍打这些旅行箱，它们听上去就像是一只只鼓，每个都有各自不同的音色。这里有长柄扫帚、铁锹、竹掸子和藤拍。"你想让我用藤拍揍你吗？"在一个标签上，可以看到蓝色天空下的棕榈树。在另外一个标签上，只有蔚蓝的大海和天空，一只白色的海鸟在天上翻飞。"海天一色，满眼湛蓝，天上不见一丝云朵，我们的轮船平静地航行。"当我扮演孩子的时候，加博尔喜欢讲暴风雨的故事。"有时我们会看到鲸鱼。它们从水里浮到海面，喷出高高的水柱。饥饿的鲸鱼会变得狂野，吞波吐浪。它们跟着我们，围着轮船游来游去，因为只要鲸鱼愿意，它们可以游得比开足马力的快艇还要快。人们认为可以在甲板上静静地观看。这是一艘非常大的豪华客轮。船上设有电影院、剧院和网球场。大约有一百个船帆和一百个备用船帆。乘客们刚站到船舷旁，一头鲸鱼就喷出高高的水柱，猛地跃出海面，一口咬掉一个女人的脑袋。它巨大的牙齿咬得咯嘣作响。女人仍站在船舷边，仿佛什么都没有发生，只是没有了脑袋。看到这幅场景，所有人四散奔逃，钻进了船舱。只有我还留在甲板上。我爬上桅杆并发出求救信号。幸好没有人看到我在做什么。就在这时，远处有一艘船注意到了我们，向我们驶来。由于害怕鲸鱼袭击，船长不敢从驾驶舱里出来，只是透过一扇小窗向海面上眺望。海盗船来了！海盗来了！该怎么办？海盗船上飘扬着黑旗。我挥动一条白手帕发出信号。天色已经暗了下来。当海盗船向我们靠近时，天上雷声隆隆。闪电划过。许多只青蛙从天而降。船长从来没有见过这样的情景。海浪猛烈拍打着船身，几头鲸鱼游在浪峰上。我发出最后一个信号。船长跑了出来，想要开枪，但是就在这一刻，一个巨浪拍了过来，扑通！我把船长推进了大海。这时候，海盗们已经将船开到了我们跟前，他们纵身跳了过来。他们拥抱我，亲吻我。我们打劫了这艘巨大的客轮。我得到了我想要的一切。"
我用小刀将旅行箱上有趣的标签揭了下来。我将棕榈树和蔚蓝的大海送给了奇德，作为回礼，他送给我一梭子子弹。这些子弹是他从他父亲那里偷来的。楼梯通向楼上。他们一直住在上面，直到爷爷不能够走路。爷爷会抓着栏杆缓缓走下楼梯。可是他不愿意住在楼下，因为在楼上，他的沙发椅就摆在窗前，从那里可以俯瞰园中的美景。午饭过后，爷爷就在沙发椅里睡觉。等到他不能走路，沙发椅就被搬到了另一个房间的窗户前，每天下午，他就坐在那里打盹，就跟之前在楼上一样。他张着嘴巴，呼吸声很大，好像喉咙里含了什么东西。他刚要睡着，奶奶就把他叫醒了。"老伴，别睡着了！"爷爷努力睁开一下眼睛，但马上又睡着了。"老伴，把你的假牙摘下来！"爷爷将手伸进嘴里，把摘下的假牙放到窗台上。有时假牙会掉在暖气片后面。然后，他们叫我过去帮助寻找，因为他们的腰很难弯下来。假牙断过一次。在修好之前，爷爷没有牙齿。我害怕将手伸到暖气下边，因为看不到那里有什么。我的手指碰到了一团团柔软的积尘。爷爷笑道："这只是一半！还得找到另一半！"随后他转向我的奶奶："你看，我的假牙断成两半了！"他没有牙的时候，说话就像在咀嚼什么东西。"每个人都不得不过命运分派给他的生活。缺乏耐心的人不会幸福。你要好好记住我说的话！但究竟什么是幸福？谁知道呢！我想说，幸福可以被比作最美丽的女人。当你萌发出渴望，当你想要得到她时，她会与你调情，会扭腰摆臀，但是不会顺从你。事实如此。如果你向她索要灵魂，她会给你她的肉体，如果你围着她的肉体打转，她会把灵魂投到你的脚下。她给你的总是你不想要的东西。就是如此。缺乏耐心的人不会幸福，因为他们总是想要得到些什么，而他们得到的总是他们不想要的东西。所以，幸福很像最美丽的女人。如同秘密。你若想了解，需要头脑，头脑！因为假如你表现得根本就没有注意到她，假如你表现得根本就不去想她，她就会气喘吁吁地自己冲到你的跟前。你必须要用心计；对待生活，你必须学会用心计。尽可能地掩藏。掩藏、欺骗，必要的时候，连自己也要欺骗！我就是这么做的！好像我根本就没有需求，好像我什么都不想要。任岁月流逝，我蜷缩在角落，等待恰当的时机。我就是这样做的！你看，结果如何？我赢得了什么？尽管人们总喜欢嘲笑我。但是他们再怎么嘲笑也无济于事。他们不幸福。这些蠢人！他们根本就不知道！他们不知道幸福不应该在外部世界寻找，而应该在自己的内部世界寻找。内部世界。你明白吗？在你自己的体内！你必须在自己的内心感受到自己的幸福，如果你感受到了，你拥有幸福，那么就一定要紧紧握住！不要放手！一旦放手，哪怕只是短暂的瞬间，哪怕只是仅仅一秒，你那该死的幸福就会飞走，取而代之留下的是你流不完的鼻涕和眼泪。到那时候，你会变得充满欲望，你会不耐烦地四下窥视，渴望得到其他的快乐，从此再无尽头。因为你得到的所有快乐都伴随着对另一种快乐的缺失感。结果你总是感觉缺失了什么！缺失！缺失！于是你的渴望增长，饥饿感越来越强，结果饥不择食，狼吞虎咽，因为你总是感觉到缺失了什么！所以你必须把肚子填饱，你的内脏、你的胃囊、你的直肠都变成了填不满的无底洞，因为你永远无法摆脱这种缺失感！总是觉得缺了些什么！这时你会感到痛苦。你会承受最不堪言的痛苦，你这个贪得无厌的畜生想将所有的一切都吞进自己的肚肠，直到在自己的呕吐物中窒息！你是畜生！不是人！畜生！哎，感到痛苦的其实并不是你。你本该享受鲜活的快乐，你不索要时，你就会得到；你不想要时，才能享受它。幸运会从天而降。你需要当心！假如你渴望得到它，它就不会掉下来。你要窥视。机灵一些。要等待。而不是让自己痛苦！你懂吗？你不应该痛苦！你明不明白？你应该高兴，乐足，你生下来是为了快乐的！你知道吗？如果你痛苦，真正痛苦的并不是你，而是世界上那只躲在你的体内流鼻涕、掉眼泪的畜生，是它在痛苦。你必须将它从你身上赶走，把它赶跑！那样你就会快乐了。让那些不幸福的蠢人去嘲笑去吧，无论他们再怎么嘲笑你也都是白费气力，你只需要听从你快乐的声音。关注自己的内在吧。聆听你内心的声音。要倾听这里！但是即便如此也还没有结束，因为人的本能会从中作祟。我年轻时，马扎尔大街上开有妓院！要知道，我那时是一个二十四岁的年轻人，而且还是个处子！随你们嘲笑去吧！你们才是不幸的家伙。当时我二十四岁，男人且是处男，体内充满健康的欲望。但是本能会暗中作祟！你不能那样！不能放纵自己！不可肆意妄为！不能允许自己的欲望被本能引入歧途。然而在夜晚，在床上，当一个裸体女人穿过我的梦境时，无论我怎样挣扎都是徒劳，最终还是沉沦其中！但是即便如此，我还是从来没有碰过女人，我也从来没让欲望彻底吞噬掉我的身体，因为我清楚地知道必须在哪一时刻让自己果断地挣脱出来。我一直在等待！无论别人怎么催促，我都会表现得无动于衷，就跟挪亚一样，他当时也不愿意失掉童贞，等啊等啊，一直等到上帝为他找到以诺的女儿拿玛，在这堕落的一代中，她是继依丝塔卡尔之后唯一保持自身纯洁的女人。我耐心地等待！"每当奶奶进到房间，她会故意将椅子弄出咯吱的响动，好让爷爷注意到她的到来，但如果爷爷没有注意到，奶奶便会故意提高嗓门："你看看你！又来了，又来了！老伴，你没意识到自己说话的声音太大了吗？""声音太大？什么声音太大？"爷爷大声地反问。"在孩子面前！讲这样的事情？"但是奶奶越想大声说话，她的声音反而变得越小，而爷爷的声音则变得更大。"在孩子面前？这孩子早就什么都懂了！孩子从一出世，生活就已是他身体的一部分，就像大海里的一滴水也是大海！""算了吧你！别再说你的什么大海了！"奶奶低声说，尽管她想叫喊，但开始咳嗽了。"大海！"只要爷爷无话可说，他就会将两只手掌夹在两膝之间睡着。他的假牙放在窗台上或桌子上。我喜欢坐在那里，看着他睡觉。他张开嘴巴，大声地呼吸，仿佛整个房间都在跟他一起呼吸。我注意到，只要我对着他坐很长时间，听他的呼吸，那么我也会像他那样缓慢地吸气和呼气。虽然我试图以其他的方式进行呼吸，但总是徒劳，似乎还是他的呼吸在引导着我。我感到困倦。而且我看到，如果我盯着他看很长时间而没有睡去，他就会合上嘴，噘起腮，看着我。我喜欢爷爷看着我。有一次，在一天下午，我躺在床上，房间里很黑，我一时不知道自己到底是醒着还是睡着了，我在周围摸索，寻找，想知道自己身在何处。但是无论我怎么摸索，都搞不清自己身在何处，我被包裹在黑暗之中。我摸索了很长时间，还是什么都看不见，只有一片漆黑，漆黑一片，不仅什么都看不见，而且也无从知晓自己是怎么来到这里的，我躺在这里，却不知道这里是什么地方，甚至无法知道自己是不是在睡觉，因为我周围的一切都热得滚烫，在黑暗中，似乎另一个黑色的生灵向我伸出手来，想要抓住我，我徒劳地摸索，因为我知道有什么人抓住了我，无论我怎么摸索都没有用，虽然好像是我在摸索，我的手似乎感觉到了什么，但是我始终无法判定：我的手到底感觉到了什么？不知道因为什么，有个人突然尖叫起来，他的叫声十分恐怖，但是不知道谁在尖叫，因为我不知道自己身在何处，直到有人打开了电灯，房间里突然变亮时，我才意识到我坐在自己房间的床铺上，一切如旧，只是不知道自己为什么会大声尖叫，外面的天色已经变暗。爷爷也在盯着我看。在这种时候，爷爷并不喊叫，只是抬起手指说一句什么。随后，他要我把假牙递给他。我将他的假牙拿了过去，然后回到远处坐了下来。他再次抬起手指说："你听啊！仔细地听！我必须告诉你，是我搞错了。我弄错了。假如他们没有用斧头劈开门，假如当时我成功了，现在我就不必再醒来。我一生都在等待某个时刻，也许，这个时刻终会到来。我一直还在这里，是吗？他们劈开门时，我坐在浴缸里，坐在自己的血泊中。当时我二十岁，还不懂这种事情。如果当时我自杀成功，就不会再有你的父亲，也不会再有你。或者说，会有你，但你不会是你现在成为的这个人。总之，我的血没有流进浴缸的排水口，而是流进了你的身体。现在说这些全都是废话！"

奶奶死后，我找到了那只洗碗桶。我在桶里放满了水，但是我拎不起来。我没有找到黑色粉末。在厨房内的碗柜里，在装面粉和糖的纸袋后面，我发现了一根包在纸里的风干肠。奶奶从商店回到家后，总会把刚买来的香肠塞到什么地方，这样我就不能偷吃了。我还找到了一支蜡烛。我们用这根风干肠做了一道红椒粉炖土豆。将洋葱头切成小方块，用猪油煸炒。我用炒勺搅拌。爷爷在世的时候，我们不会用猪油做饭，只用菜籽油，因为爷爷的肠胃受不了。奶奶说，其实用猪油做饭也挺好的，因为脂肪可以给人提供营养。她父母居住的那栋房子就坐落在教堂的对面。每年冬天，他们都会屠宰四头猪，因此总有足够的猪油。我跟奶奶一起拜访亲戚。他们将大块的肉和香肠放在桌子上。院子里阳光明媚，他们叮嘱我说，在他们去教堂做弥撒时，家里的任何东西都不能动。于是，我无聊地将鹅卵石投进井里打发时间，但是大人们过了很久仍没有回来。当他们终于回来时，我正在储藏室里偷吃香肠。我不得不爬到一只麻袋上，因为只有那样我才可以够到架子上的香肠。他们在杀一只鸡时，那只鸡挣脱着跑掉了，差一点就被切断的鸡头耷拉在一侧。我把香肠放到一个盘子里，旁边摆着面包和一把长刀。起初，我只切了一小截香肠，但是很快就吃完了。随后我切了更大一段，但是并没有急着吃掉。在亲戚家里，我跟奶奶睡在同一张床上。夜里我吐了，他们为我换了床单。当我想再切一小段香肠时，刀子一滑，切到了手指。我可以看到从手指伤口里翻出的嫩肉。鲜血从肉里涌了出来，顺着我的手指流淌，流到手掌上，滴落盘中，血涓涓不断，一直在流。我从椅子上站了起来，去了洗手间，我感觉自己马上就要摔倒。但我并没有摔倒，只是已经感觉不到自己的手和脚，我感到脑袋好像变大了，割破的手指并不疼，一切感觉良好，这时候房门开了，格子图案的地砖突然倒塌，向我身上砸来，黑白相间的方格模糊成了灰色，我好像躺在一个白得刺眼的地方，我不知道这是哪里，但感觉很柔软，很冰凉。

黑色与白色。我躺在那里静静地等待，等着奶奶过来。当我顺着楼梯的扶手滑下来时，奶奶将一块潮湿的敷布搭到我的头上，因为那里磕肿了。"上帝啊，我应该拿你怎么办？如果你再这样折腾一次，我就把你送进教养院！我发誓，我要把你送进教养院！唉，幸好没有把头磕破！"教养院里铺的地砖的图案跟他们带我去医院时看到的地砖一样。我意识到自己晕倒了，仿佛全身的血液都流了出来。我在地砖上看到了自己的手。没有人来。有时候我想，如果能住在一栋没有很多人的房子里该多好！最好房子里根本没有人。我站在房间的中央，一动不动，我不应该打扰房中的宁静。一旦我这样站很长时间，房子就会开始摇晃，尤其是陈旧的木楼梯。而且在楼上也可以听到。但是如果我在楼上，会听到吱呀的噪声从楼下传来。当我顺着楼梯往上爬时，每一层台阶都会对另一层发出吱呀的警示。有一次，我把这个感受告诉了爷爷。爷爷夸奖我说："你的观察非常正确，非常准确。观察是所有知识的基础，但是我们必须努力将自己的观察组织到一个系统之中。我在年轻时读过很多黑格尔的著作，这是咱们的家族传统。那些书都是家人直接从柏林和维也纳带给我的祖父的，也就是你的曾祖父，尽管他只是一位酒馆老板。世界上所有的一切，都是有生命的。世界本身可以被想象为一头最强大、最富生命力的巨兽，想来房子也跟所有的生命体一样，从出生到死亡，这样度过一生。当然，这个想法更具有泛神论者的特征，就像布鲁诺和斯宾诺莎。但是话说回来，这对黑格尔来说也并不陌生，只是他的世界不是被灵魂渗透，而是被理性渗透。""你怎么又跟他唠叨这么多蠢话？""因此你要坚持不懈地认真倾听，但不要迷失在细节里，要整理组织，构成系统。但永远不要认为你自己的系统是完美的，因为在所有的系统之上，有全能的上帝。"当他们已经不再住楼上时，有一天下午，奶奶以为我在花园里，其实我爬上了阁楼。阁楼门是铁制的，吱吱作响。按照爷爷的说法，我们的祖先就住在这里。有一回，奇德也跟着我一起爬上了阁楼。我们蹑手蹑脚地小心迈步，生怕楼下会听到我俩的脚步声。如果我们爬上横梁，抽出一块房顶的瓦片，就可以从那里眺望整座花园。我一个人无法抽出瓦片，这个主意是奇德想出来的。他说要看看箱子里有什么。板条箱的箱盖被人用钉子钉死了。他说，如果他的父亲是一个间谍，并且跟我的父亲有联系，那么，他们很可能会把机密文件藏在这些木箱里；如果真是这样，我们就可以揭发他们。树林间，我的狗在嗅闻青草的味道。那时候，狗还没死。但是我们并没有找到文件。木箱里存放的是当年爷爷走在街上时，差一点砸到他头上的那个长颈烛台。我认了出来，因为爷爷曾跟我这样讲过，烛台就从他的鼻子尖前落下来，他捡起来时看到上面被摔出一个很深的凹痕，随后他抬起头往上看，正好有一个男人从四楼的窗口探出头来向下张望。那个男人对我爷爷喊"对不起"，甚至还说，如果可能的话，他想请我爷爷上楼去他家里坐坐。爷爷带着这个烛台爬上了楼，并且要了它留作纪念。那个从窗口探头的男人就是弗里杰什老伯，上帝不仅救了我爷爷一命，而且还送给了他一位挚友。弗里杰什老伯告诉我爷爷，他已经结婚了，但是他的妻子总是惹他烦心，让他几乎难以忍受；即使在订婚期间，他们也经常吵架，但是他们相信婚姻将会帮助他们化解矛盾；他本来抄起烛台想要砸向妻子，因为他实在被女人气得发疯，但烛台从窗口飞了出去，幸好没有砸到我爷爷的脑袋；此刻，他的妻子正将自己反锁在卧室里委屈地哭泣，希望她很快能够消了气，作为女主人请我爷爷一起用午餐，当然，如果我爷爷没有别的事情要忙的话。弗里杰什老伯跑去安慰妻子，女人从卧室里出来了，笑着为刚才发生的事情道歉。吃完午饭，他们打开了一瓶香槟酒，一起碰杯，因为三个人全都渡过了劫难。阁楼上还有一张破旧的沙发床，我跟奇德坐在上面。我想给他讲暴风雨的故事，但是奇德说，我的这个主意也太傻了，我们最好还是做点别的事情。他有更棒的主意。这时候我听到有人走上楼梯。奇德上身前倾，吐出舌头，看上去像要呕吐一样。但是并没有人上楼来。他从床上站起来，走开了，但我依旧留在那里。我以为他躲到了横梁之间想要吓唬我，实际上他悄悄地离开了。我担心他会撞见奶奶。但是奶奶什么也没说。雨下了好久，奶奶听广播的那个房间漏雨了。奶奶上了阁楼，大吃一惊。她发现有人来过阁楼，并且挪动了屋顶的瓦片。爷爷突然想起清扫烟囱的工人。我在黑白格子的地砖上已经躺了很长时间，我开始哭泣，声音大到连奶奶都能听到。但我突然想起来，她已经死了。我站了起来，因为地砖很凉。香肠还在那里。我把它重新包回到纸里，放进厨房的碗柜。在爷爷的葬礼上，燃着蜡烛。我只是不知道该怎么处理这一大摊血。我端着蜡烛出来。在亲戚那里，当我们去奶奶的父母安息的墓地探望时，发现那里也燃着蜡烛。

天色已暗。他们允许我带着清扫烟囱的工人一起爬上阁楼。墙上有一扇小门，在那之前，我一直未曾注意到。"那好，小兄弟，现在让我们把所有的精灵都打死吧！"他攥着一条末端挂着一个大铁球的铁链子，把它送进了漆黑的烟道。我们可以听到铁球碰撞着烟道壁坠落的声音。"只有我才能打开这些小门，你知道吗？他们就住在烟道里。你看到了吧？里面有多黑！我走家串户，在每栋房子里杀死他们。我会用力抻拽这只铁球。就这样，用它击打精灵们的脑袋。你马上就会看到！他们一旦死了，就会从坏精灵变成肮脏、乌黑的烟灰。"我不敢告诉奶奶，房顶的瓦片是奇德挪开的，因为我很害怕。"如果你的病第三次发作，这肯定会把你带走的！老伴，我不想让他追上你，不想让你比我先离开！""凡人不应该插手上帝的事情！""假如上帝真要带你走，那就先把我带走吧！给我穿上那条黑色天鹅绒连衣裙，给我穿上内衣！还有鞋子！我始终记得，我们忘了给可怜的莉迪穿上鞋！"他们关上灯后，我总能听到他们在交谈。我们在将灰色的圆币熔化之前，先要从绿色天鹅绒连衣裙里将它们取出，投掷一会儿。与此同时，我向加博尔询问有关精灵的事情。清扫烟囱的工人也去过他们家，但是他们家的精灵不是黑的，而是白的。小伊娃从花园里走进来，她说，假如她也能够跟我们一起玩，她就不会告诉他们的母亲，我们偷看了她卧室里的那瓶酸奶油。她看到了。晚上，他们的母亲总是要出门的，因为要去参加演出。有一次，他们说等我躺下之后，他们会偷偷溜过来找我。于是我兴奋地等待，等到爷爷和奶奶都睡着了。我不得不从窗户爬出去，因为奶奶将屋门锁上了。他们的母亲在家里从不唱歌，只弹钢琴。晚上，有个男人开车来接她。"在他们家门前，总会停着一辆外国汽车！"奶奶说。如果我站在窗户后朝外张望，我也会看到红色的车灯在黑暗中美丽地闪烁。我跟着奶奶一起进城去买新凉鞋。我的脚大了，鞋子变小了。"你们坐出租车去吧！坐出租车！"爷爷喊道。奶奶不想坐出租车。爷爷打电话叫来了一辆出租车。天气闷热。我在车上踢掉了凉鞋，因为它们紧绷在脚上很不舒服。但是在街角处，奶奶叫司机马上停车；我在座位底下找到了我的凉鞋。司机烦躁地吼道："你们他妈的在耍我是吗？"我们要下车。奶奶向司机付了钱，但是对方仍旧骂骂咧咧。"老婊子！"我们搭乘公共汽车进城。这件事需要保密。奶奶在公共汽车上跟售票员争吵起来，因为售票员也想给我撕一张票。我其实挺想要一张票，如果她真能给我的话。售票员问我上学了没有，还没等我回答，奶奶先大声嚷起来。这时售票员抓住我，将我按到一根带刻度的铁杆前，并且说我的身高刚好一百二十厘米，在场的所有人都能看见。"可是他还没有上学呢，他还没满六岁呢！""他永远也上不了学，夫人，就他这么一个白痴！"我以为他们从我脸上看了出来，他们知道了我们在阁楼上所做的事情。我检查了一下自己的裤子，看看拉链是不是忘了拉上。所有人都大声附和，点头说"没错没错"。即使这样，我们还是没有买票。车上有一个男孩，手里拎着一只小提琴匣，仿佛根本没有注意到周围发生的事情。他将视线投到车窗外。爷爷说过，艺术家不关心外部的世界。我也将视线投到车窗外。爷爷喜欢讲与人生有关的话题。"人类寻找上帝，会走两个极端！每个极端都是谎言！如果你想活下去，那就不要追求极端。那种事情，会有其他的傻瓜替你去做。僧侣和艺术家，那些永恒的追寻者，在他们面前，我们挥舞旗帜表达敬意，实际上这些人都是自欺欺人的骗子。艺术家将自己锁在房间里，拉上窗帘，打量镜子中的自己。但是这么一块破镜子又能让他看到什么呢？肉身。当然是肉身。他高兴地喊了起来，他，本来是一个那么不快乐的人，现在他这样高兴地大喊：'上帝就在人的肉身里！每一副躯体都是独立的上帝！人就是上帝！'这是在撒谎！僧侣将自己修行的小屋修得那么狭小，以至于都容不下自己，他不得不扑倒在门前，将自己留在门外，倒像是他粗鄙的讥讽。让无限的灵魂替代被遗弃、被侮辱的渺小肉身，在宇宙中摸索，当虚无遇到虚无时，口中这样大喊：'神在我之上！他在撒谎！神在我之上！他在撒谎！'如果上帝既不在肉体里，也不在灵魂内，那它在哪儿？他是否存在？""奶奶说，他存在。""噢！奶奶就是奶奶！只有她才知道上帝在哪儿！你该去问一问她，她有没有跟上帝说过话？有一次，在经历了漫长的灵魂干渴之后，一位圣人问上帝：主啊，您到哪里去了？上帝这样回答：我在你的体内！然而，如果你在体内寻找他，他却总是在外面；如果你在外面寻找他，他却在里面。Dazwischen[1]，总是 dazwischen！你要好好记住！既不是肉体，也不是灵魂，而是，既是肉体，也是灵魂。我们在纯真中寻找上帝的目光，既不骄傲，也不谦卑。你要保持自己的纯真。一旦屈服于肉体，它会像

[1] 原文为德语，意为"在这中间"。

癌症一样扩散，你将沉溺于你的骄傲。如果屈服于灵魂，它也会像癌症一样扩散，你将沉溺于你的谦卑。我是自由的。我说：肉体万岁！但我也是一个思想者，我说：灵魂万岁！当我的肉体和灵魂克服了自身的热情，我已变得衰老。我是一个自由的思想者！我拒绝，我诅咒，我用自身的污秽来玷污自己。我不相信。然而他始终在这儿，因为我在思考。一切，一切都在消失，只有这个词留了下来。由于这个词存在，所以这个词所指的那个他也存在。假如我有能力最终停止这种持续不停的思考，那么这个词就会消失，他也会消失。但是他会消失到哪里？那时候我又会在哪里呢？我一旦没有了自己的思想，将会沦落到何地何方？我该逃向何处，才能避开你的灵魂和你的面孔？假如我去天堂，你会在那里；假如我把床铺搬到地狱，你也会在那里出现。要我给你讲那个西装的故事吗？每当涉及真正的问题，每当需要思考的时候，无法思考的头脑就会用一些小小的轶事来安慰自己，你明白吗？但是不管怎样，我都会讲给你听。不过我要预先告诉你，很抱歉，你不要试图从中寻找任何教训。故事，不过是发生一次的生活细节而已，故事里面不存在教训。你只能找到inzwischen[1]，总是在两个故事之间，在两次呼吸之间，dazwischen！"我感到害怕，因为爷爷冲我大嚷大叫。"我想要讲的西装的故事是这样的，有一年夏天，全家人准备去克罗地亚海边的奥帕蒂亚小镇度假。夏天，在奥帕蒂亚，中学的男生们都习惯穿短裤，配短袜或及膝长袜。在那些已经过去了的日子里，我总是暗中焦虑：我腿上怎么长了这么多汗毛？如果我们去参观，我该怎么办？我会不会成为被同学们取笑的对象？因为我腿上的汗毛实在太多了，因为上帝赐给我一副自然而健康的体魄，他同样也赐给了你。我们为什么就不能成为别人取笑的对象？马戏团小丑也总是被人取笑。永远不要害怕自己可能被别人取笑。如果你只是在他们中间，而不是跟他们在一起，那他们就会取笑你。他们会为此感到不高兴。但你不要害怕，也不要痛苦！你明白吗？我说到哪儿了？有一次，我被带到裁缝那里，因为我的新衣服已经做好，用的是一种网格纹布料，那位裁缝住在新世界大街，我穿着新衣服走到街上，心情十分快活。直到现在，我都能清楚地记得街边的树木，温暖的微风吹过，初夏的日子。我沉浸在这种

---

[1] 原文为德语，意为"在此期间、这时、此刻"。

54

虚假的快乐之中。那些日子已经过去。快乐也被毁掉了，没有了，无论我怎么向你讲述都是徒劳，早已不复存在。我试图将我现在的快乐偷偷运回那幅已经死去的图像中。当我走在街上，我看着街道两边，商店橱窗闪光发亮的玻璃映出了我，我的身影！还有那些目光！还有那些我不敢直视的女人，因为我会看到我的母亲行走在每个女人的体内，而我脑子里充满了这种肮脏的东西，无论是谁都能从我的眼睛里看出来，当然，如果他看我的话，在我脑子里充满了这种东西，你明白吗？充满了死亡的图像！"爷爷哭了，"你听我说，你必须忘掉一切。常常留意身后，忘掉绝大多数的事情。等你年纪大了，不要再保留照片。只留下思想，纯粹的心智！"奶奶以前不讲故事，等到爷爷去世后，她才开始给我讲传说故事。"我们有一本书，一位神父曾是我父亲的好朋友，因为我们总是有很好的葡萄酒，我们共有十公顷耕地、两公顷沙地葡萄园，我父母的房子就在教堂对面，我父亲是一位虔诚的教徒，我们的花园一直延伸到墓地旁边，种满了各类果树，有早熟的樱桃、欧洲酸樱桃、核桃、李子。父亲向天主教会捐献过很多的钱财，晚上他们聚在一起打牌，饶恩利村的教师和来自博格达尼镇的药剂师也经常光顾，因为在我们镇上没有药房。假如需要将粪肥送到神父的地里，我父亲就会去送，假如哪位尊贵的老爷家有客人来，他会用轿厢马车把客人接过来，其实，那只不过是一辆能在沙土地上行驶的普通轻便马车，但大家都习惯称它为'轿厢马车'，我们不仅用它拉人，还用它送货，比如向多瑙宫送牛奶和奶油，而我父亲连写字、阅读都不会，他们也这样问过我，你读那么多书有什么用？但是当我讲这些传说时，他们喜欢听，我父亲是一位既有钱又很自豪的人，濒死的时候，他叫来神父，做了忏悔，然后毫无怨言地离开了人世。他说，是我给他造成了最大的痛苦，因为我想跟泽尔德·贝拉结婚，'但泽尔德·贝拉是个改革教派的新教徒！'我父亲喊道。而我母亲希望我嫁给泽尔德·贝拉，我的兄弟们还说，是我母亲爱上了泽尔德·贝拉，并不是我。我父亲甚至这样咆哮着威胁我，假如我嫁给一个新教徒，他会用烧红的烙铁在我身上烫一个十字架，好让我永远知道我的归属，并会赶着我游街，让我赤身裸体地穿过村庄……但是我想跟你讲的并不是这个，可所有的一切都源于此，我并不想跟你讲这个，可我所有的麻烦都由此产生。我们从神父那里得到一本书，里面写满了各种传说，而且都是真实发生过的故事，这本书上画了一个大天使，张开翅膀，仿佛就要飞向天空，我将这些传说讲给了他们。"奶奶以为我睡着了，起身回到她自己的房间，但是并没有关上门。每当夜里我从梦中醒来，都会看到她站在窗户前。她说，假如那天晚上她没有睡着，爷爷就肯定不会死，所以现在这是她要受的惩罚，她不能睡觉，必须等着爷爷死亡的时刻，因此她每天夜里必须出门，去把爷爷带回来，有的时候，她觉得爷爷并没有死，这一切不过是个玩笑。有一天夜里，我醒来时发现奶奶穿着她那条绿色天鹅绒连衣裙站在我房间的中央。我就是从那条裙子的衬里下找到那些铅币的。在她的头发上有什么东西闪闪发光。她朝我走过来，伸出她的手，十分生气地扇了我一个耳光，我感觉到她的手里有什么硬东西，但看不清楚是什么，房间里很暗，但是她打我的这个耳光并不疼。当我们走在城中，走在街上，奶奶是最优雅最漂亮的人，因为她头戴一顶白色帽子，穿一条白色衬底黑色图案的丝绸连衣裙。她说："这里的房子在战争中全部被毁，变成了废墟，每栋房子里住的人全都死掉了。"我问她："我们是不是也死了？"她回答说："我们没死，想来我们现在还活着呢。"我不解地追问："但是，在我还没活着之前，我在哪里？""费里，费里！"奶奶突然喊了起来，然后对我大声说，"你看，你爸爸在那儿！他听不见我！费里！"我们撒腿奔跑。街道上有很多人朝着我们迎面走来，也有很多人走在我们前边。"费里！"奶奶跑在前头，我跟在后头，但是我并没有看见爸爸，不知道他在人群里的什么地方。行人们停了脚步，朝我们这边转过身来，望着我们，我们则在他们中间奔跑。"费里！我亲爱的小费里！"我并没有认出他的背影，因为我在人群里寻找制服。"费里！"他不仅没有穿制服，甚至都没戴帽子。我也终于看见了他。"你们怎么会在这里，妈妈？"他吃了一惊，但脸上并没有露出微笑，他只是颇感意外地问。"孩子的凉鞋已经小了！"我看了一眼我穿着的凉鞋，确实感到有些挤脚。爸爸拥抱并吻了奶奶，之后也亲吻了我的脸。他的面颊很光滑，没有臭味。他将手掌放在我的脖子上，奶奶则抓着他的胳膊。他的手掌放在我脖子上的感觉很好。就这样，我们等了一辆有轨电车和两辆小轿车从我们眼前开过。他离我更近了。"你居然在这儿！你怎么连个电话都不打？""跟我来，妈妈，咱们去甜品店里坐一下吧。""上帝啊，你为什么也不打一个电话？你为什么不回家里看一看？是你爸爸得罪了你吗？还是我做了什么让你不高兴的事？"有轨电车哐当哐当地行驶过来，并且摇响了铃铛，我们从车头前跑过，来到街道的另一边。"既然你在这里，为什么不肯回家？费里！"我在甜品店里要了一份盛在玻璃杯中的冰淇淋。奶奶也要了一份冰淇淋，但是她并没有情绪吃，而是哭了起来。她很生气。"求求您了，妈妈，别让所有人都看着我们，求求您了。您清楚地知道是因为什么。""是的。我知道。我知道一切。所有的一切。我什么都知道。""妈妈，求求您了，请您不要这样，您也知道，现在的情况就是这样。我永远无法预知……这一点您也知道，您知道……我的工作任务就是这样。我不能多说了。您应该为我们能够在这里遇到而高兴才是，我也很想高兴地活着。""我很高兴。""那您赶紧擦擦眼睛吧。我没时间了，我必须赶去一个地方。我们遇见就已经很烦了。""什么？你说，很烦？难道我们这样碰上一面，你只是感觉很烦吗？""我之所以说很烦，是因为您并没有感到高兴，而是在这里跟我哭。妈妈，咱们最好还是利用这一点时间说说话吧。告诉我家里有什么新闻，爸爸好吗？你们的钱够花吗？要不要我再汇一些回去？为什么您现在不回答我？妈妈，我现在的麻烦已经够多的了，相信我，我不能跟任何人谈论这项绝密任务。请您理解一下，这样逼我，会让我感到很难受。您对我也应该有点怜悯心吧？说呀，您快说点什么，妈妈，您知道的，我忍受不了这种沉默。妈妈！"但是奶奶只是哭泣，没有回答。我假装在吃冰淇淋，好像很开心地吃，这样她才不会生气，但是她并没有注意到我在做什么。奶奶还在哭，尽管她也想停下来，我注意到了，她想说点什么，她抹了一把眼泪，但是每当她想说点什么时，总是又哭起来。爸爸看着奶奶，心里很难过。随后他起身走到一个女人跟前，向她付了账。他现在这样看上去要比穿制服时更好看，而且我想央求他，请他带我一起走。"妈妈，很遗憾，您毁掉了我们的这次偶遇，但我必须走了。只要我一有时间，我就会回家去看你们。我不知道什么时候。替我给爸爸一个拥抱。"他拥抱了奶奶，摸了摸我的头，然后出去了。很多人走进甜品店，也有很多人离开。奶奶从白色皮包里取出一块手帕擦了擦眼睛。外面阳光明媚，但是这里却光线昏暗。"回头上帝也会揍他的。就像我揍他那样！"在咖啡机前，一个女人拉拽控制杆，蒸汽冒了出来。还有许多人在抽烟。奶奶说，我们走吧；但是我也开始哭，我说我不要鞋子了。"我站不起来。"奶奶用手捂着胸口，"我站不起来。"她努力想要站起来，但却站不起来。就在这个过程中，我的冰淇淋融化了。所有人又都将目光投向我们，旁边的一个男子问："我可以帮上您什么吗，夫人？您是不是不舒服？"我试图帮助奶奶，但她还是站不起来。"我感到心慌。"甜品店里的人议论纷纷。"我感到心慌。我也不知道为什么，就是心慌，心里很慌。我没事，什么事也没有，只是心慌。"那个男子挽住我奶奶的胳膊。"您不舒服吗，夫人？您来一杯凉水，或许喝一杯凉水会好一些？"他叫服务生赶快端一杯凉点的水来。夜里，每当奶奶开始像爷爷那样打起呼噜，我都会立即端去一杯水。服务生端来了凉水，并大声喊道："在尊敬的客人们中间，有没有医生？"与此同时，奶奶的身体开始从椅子上往下滑。"我是护士！"一位女士扶住了奶奶，在老人的额头上淋了一些凉水，这时候，所有的客人都凑了过来，站在我们周围。奶奶的嘴张着。奶奶曾用一条手帕将爷爷的下巴绑起来。女护士大声喊道，请大家都往旁边靠一靠，让出一块地方，病人需要空气。"这里热得就像地狱！"大家开始交头接耳。"刚才他们跟一个男人争吵过。"我心里暗想，现在我应该逃离这里。我刚要将脑袋钻到周围人的身体之间，就有人揪住了我的脖领。"你要去哪儿？"人们搬出一张椅子放到街边，让我奶奶坐在上面。有轨电车的站台上站着很多人。女护士要奶奶做深呼吸。行人纷纷驻足，好奇地看着我们。我不得不告诉爷爷，我们没有买到凉鞋。等他们睡着之后，我从床上爬起来。地板发出吱呀的声响。我站在敞开的窗前，等待万籁寂静。爷爷在另一个房间里大声地呼吸。奶奶在一旁烦躁地央求："老伴，别打呼噜了！你听见没有？老伴，别打呼噜了！你这么打呼噜，我根本就睡不着觉！求你啦，老伴！"晚上，爷爷将假牙泡在水里。奶奶总是要等我睡着之后，才去拿便盆，并且端来一杯水。但我其实并没有睡着，而是在床上蹦啊跳啊，并且大喊："您拿了便盆！您拿了便盆！"有一次，奶奶将水泼到我身上。"你说，你为什么要这样折磨我？我为你做了所有的一切，可你为什么要折磨我？我会告诉你爸爸，让他把你送进一家教养院，因为我实在不能再忍受你了。你马上回去给我躺下，听明白了没有？"我真的能够从花园栅栏的两根铁杆之间钻过去。加博尔躺在地毯上，因为他喝醉了酒。伊娃穿着她妈妈的裙子在房间里独自跳舞。我们互相扔枕头。门开了，他们的母亲赤身裸体地穿过房间。在另一间屋里，她打开了收音机，并取出一件浴袍。她看着镜子中的自己，听着收音机。她说，现在肯定要把他们俩绞死，因为这里完全变成了一个马戏团。当我和伊娃终于停止跳舞，有什么东西刺痛了我的肋部。加博尔站不起来，用力抓住一把椅子，但身子却在往下滑，同时不停地点头。小伊娃笑了起来。加博尔吐到了地毯上。小伊娃赶忙脱下妈妈的裙子跑出房间。她都没有穿内裤。他们的母亲走后，他们就拉上窗帘，点亮枝形吊灯。小伊娃套上了裙子。加博尔在留声机上放了一张唱片，并将音量调到最大。他从墙上取下了佩剑，嗖嗖生风地挥舞了几下。有一次，他一剑刺中沙发，天鹅绒布裂开了。小伊娃想出一个坏点子，想要吊死我的狗。加博尔出去找绳子。我们开始把狗引过来。院子里有一根绳子，上面晾着衣服。他挥剑将绳子斩断，然后站在椅子上，把绳子系在枝形吊灯上。但是那只狗，不管我们怎么招呼，它都不肯过来。我不得不清理地毯上的呕吐物。里头什么都有，我吃过的所有东西。他们说要绞死我。他们割草的时候，我们要将干草堆起来，堆成草垛。我们爬到草垛的顶上。加博尔扮演法国和平女战士欧仁妮·戈登，我扮演朝鲜妇女运动领袖朴正爱。我们一起摔跤，我故意让其打败我，因为欧仁妮·戈登是国际民主妇女联合会主席。我们一起翻跟头。小伊娃尖叫着抓住绳子荡来荡去。枝形吊灯掉了下来。我不敢回家。我躲在灌木丛里，等待什么事情发生。奇德叫我去他家荡秋千，因为他得到了一个新秋千，他父亲已经把它安装好了。他向我演示，如果他站着荡秋千，可以荡得很高。但是他从秋千上飞了出去，撞破了玻璃，从窗户摔进了房间里。他妈妈来找我奶奶告状，无论我怎么解释这不是我的过错，都没有用。我听到奶奶在花园里大声喊叫，我以为她发现了我们藏在家里的尼娜·波塔波娃。但她找到的是我的狗。我们一起把它抱进屋内。"肯定有人给它下了毒。"奶奶挖了一个很深的土坑。我们埋它的时候，爷爷也从屋里走了出来。

第二天，当我醒来之后，径直来到了花园里。风很大，草木被吹得俯仰摇曳。狗屋里是空的。平时我的狗最喜欢卧在屋檐下的花圃里。那块地已经变得相当坚硬。我招呼它，叫它到我这里来，但是它卧在那里一动不动。它将脑袋枕在两只前爪上休息，对我眨着眼睛，懒洋洋地摇着尾巴。我跪下来抚摸它，但是有一扇窗户在我头顶上打开了，一阵风吹过，窗扇猛地撞到墙上，一个我看不见的人大声喊道："不许刨地！不许刨地！"喊叫声被风吹走了。然而这块地我必须要刨，已经是秋季，花草凋谢，我的狗也不卧在那里了；那里的土不仅很硬，而且油腻腻的，还残留着一些卷成绒球的狗毛，因此我更要刨这块地，要把狗毛埋进土里去；可是那个人还在大声喝喊。"不许刨地！"风将他的声音吹远，

"不许刨地！"我想把铁锹放回原处。风，吹打窗扇。我开始奔跑，但在厚厚的积雪中奔跑十分吃力，我朝着房屋的墙根跑去，由于积雪太厚，每抬一次脚都很困难，而且很冷，非常冷，刺骨的风吹着雪片扑在我脸上。我想抬头看看自己到底在什么地方，但无法看清，因为天空太亮，亮得刺眼！暮色降临。我要是能仰望明亮的天空该有多好！但是我不得不闭上眼睛。在昏暗里。我很想睁开眼睛！我该怎么办？这时候天已经彻底黑了下来。第二天，我刚一醒来，就径直去了花园，这时有两只小菜蛾围着我上下翻飞。我紧紧追赶小菜蛾，我想看看它们在做什么。两只小菜蛾结伴翻飞，白色的翅膀熠熠闪亮，它们飞在我的眼前，我追着它们穿过树篱和灌木丛，跑到草坪上，我要是能有一张捕蝴蝶的网就好了！后来，它们消失在一片灌木丛的上空。小菜蛾飞到了灌木丛上，我无法继续追赶，天空湛蓝晴朗，阳光耀眼，仿佛是阳光吞噬了小菜蛾翅膀的白色闪光。格外安静。那里是一片灌木丛，葱茏茂密。山楂树，丁香树，接骨木，榛子树。在离那棵即使在没风的时候也会有一片树叶抖动的怪树不远的地方，我通过一条秘密通道爬进灌木丛下。孩子的房间里铺着干草，整洁，柔软。在厨房里，平底锅摆在架子上。一本书摊在摇晃不稳的花园椅上。我听到自己的喘息声。柔软的干草床诱惑着我，让我很想躺下来睡觉，仿佛我成了游戏中的孩子，而去参加晚宴的是他们俩，然而我无法躺下，因为我听到自己的喘息声，就像一头小兽，一种什么动物在灌木丛中粗声喘息，仿佛发出喘息的不是我，而是一个我看不到的生灵。我抓住架子上的木板，将它从平底锅下猛地抽出，几口锅叮叮咚咚地掉进灌木丛里，有那么一刻，我没有听到自己的喘息声；但是过了一会儿，我又听到了。这只动物在这里，在灌木丛中喘着粗气。狗在狂吠。狗将整个公寓刨了个底朝天。我在干草床里翻找，将平底锅扔到院子围栏的另一侧，每听到一声砰的闷响，我都会感到异常兴奋；我将花园椅拖到草坪上，跳了上去，踩得藤条噼啪作响！藤条断裂，椅子坍塌。我开始撕尼娜·波塔波娃编写的那本俄语教材，将硬皮的封面朝灌木丛扔去；封面卡在了树枝上。我爬了回来，狗仍在叫，并嘘嘘地气喘。狗舌头伸出很长，耷拉在外面。看到这个公寓终于被毁掉，这条狗兴奋得转着圈到处嗅闻。要知道，我好像也闻到过这股气味，在加博尔和小伊娃的头发里、皮肤上，在他们家里。狗不停地嗅啊闻啊，将鼻子伸进干草里，寻找那股——有那么一刻出现了我也曾经闻到过的——气味，但是，狗最终还是失去了寻找那股气味的线索。灌木丛下的土壤潮湿而柔软。我盯着这条狗看，很想知道当狗鼻子伸进泥土里时是一种什么样的感觉。腐败树叶的气味。我抓起一把泥土，塞进嘴里嚼了两下，但很快不得不吐了出来。死狗龇牙咧嘴。我趴到地上，将双臂和两腿僵硬地伸直，我想体验一下它的感受，但是忍不住呼呼喘气，我努力屏住呼吸，不再吸入新的空气，一动不动，像死尸一样。憋在胸膛里的空气慢慢膨胀、变热，突然喷吐出去。我缓慢地呼吸。没有人会知道我死在这里，就像我的那条狗一样。一片树叶微微晃动。叶子上有两只亮晶晶的小眼睛。树叶的眼睛在窥视我！在一根树枝的末端，那片叶子上下摆动，盯着我看。但是即便如此，我还是忍不住要呼吸，因为憋气的努力虽然使我变得虚弱，但还不能够完全死去。其实，我很想让人以为我真的死了。我轻轻吸了一小口空气，这时候眼中的景物已经不那么红那么模糊了，我看到树叶上并没有眼睛，而是有一只绿色的树蛙蹲在叶片上。它绿得就跟树叶一样。树蛙的脊背呈树叶的形状。我看着它的眼睛，它看着我的眼睛。好像它并不是一个活物。但是我看到它的下巴在紧张地鼓动，仿佛它的心脏就在那张宽大的嘴巴下剧烈搏动，它叉开两条后腿坐在那里，同时随着树叶的上下摆动而忽高忽低，随时做好跳跃的准备。当树叶垂到最低处时，它的搏动也最剧烈。血液在我的体内以同样的脉率涌流。但是好像发生了什么可怕的事，发生了某种错误。我本以为自己比树蛙大，可是看着看着，树蛙变得越来越大，我却感觉越缩越小，因为它用它的大眼睛注视着我，它越是死死地盯着我，我就变得越小，越无足轻重。我不得不闭上眼睛，但是即便如此，我仍能感受到在它巨大的下巴里搏动的力量，我双目紧闭地在黑暗中等待，等待它向我扑过来；像吃一只昆虫似的一口将我吞掉。当我醒来的时候，那片叶子一动不动地盯着它眼前那根悬在我额头上方的树枝末梢。阳光依旧灿烂。许多蚂蚁在我张开的手掌上爬行，爬得从容、平静，排成一队，一只跟着一只。我将蚂蚁攒在掌心里，但是它们很快就从我的指缝间爬了出来。我以为自己醒了，因为听见奶奶在大声叫我，叫我回家去吃午饭，但奶奶其实还睡在床上。我在房门口止步，观察奶奶是否还有呼吸。房间里既昏暗又阴凉，散发着奶奶的气味。床头柜上放了一杯水。奶奶的手指上戴着一枚绿松石戒指，等她死后，这枚戒指将由我继承。我蹑手蹑脚，生怕脚下的地板会发出吱呀的响动，我小心翼翼地回到花园。太阳始终灿烂地照耀。我从地上捡起一只掉下来的桃子，掰成两半。桃汁滴淌到我的手指上，一条白色的肉虫在潮湿桃核疙里疙瘩的表面向前爬行。我将肉虫子捏到桃肉里。它在那里蜷缩、蠕动，我之所以把它捏进这块柔软、甜蜜的沼泽的深处，是为了不看到它，随后，我将桃子连同虫子一起塞进嘴里，囫囵吞下，小心不咬到肉虫。我想象这条肉虫活着钻进了我的胃囊。现在它置身于彻底的黑暗，虽然还活着，但是不知道该往哪里去。黄昏始终没有降临。几只黄蜂飞来。我预感到可能会有什么麻烦事发生在我身上。恍然之中，我感觉坐在草地上的并不是我，而是另一个人，我虽然能够感觉到那人的重量，但那人不是我，一切都变得那么模糊不清。突然，一只蜘蛛在我眼前闪了一下，转瞬消失在空气里。无论看什么，我都没有看到，因此所有的一切都从眼前消失了，我永远不知道自己之前看到了什么，因为现在我已经看不见了。这种情况肯定只是发生在我的身上，因此问题在于我。但是我必须在他

70

们面前隐瞒，假装我看到了他们所能看到的一切。另外，我已经不坐在刚才所坐的那个地方，而是纵身一跃，抱住了桃树的树干，但是即便如此，我也觉得这个人不是我，因为我现在感觉到的，已经不再是刚才的那种感觉了；也许我就是这棵树的树干，这么结实，这么强壮。后来，我不明白自己为什么要跪在这棵树旁，为什么要抱住它的树干，我必须做点什么来阻止这种情况发生，但是我不知道自己能够做些什么。于是我贴着树干滑下，倒在地上。青草的气息闻起来很香，我睁大了眼睛，这样眼前的景物就不再模糊，我就可以看到青草。每根青草都从泥土里长了出来，但在它们之间还留有很大的间隙。空寂的小径。假如我是草，我也会从泥土里长出来，站在这里，站在其他草叶中间。我想成为它们之中的某一棵。但要是有人过来，会用他的手掌把我捏碎。我禁不住一跃而起，拔腿逃跑。我在碎石路上停下脚步，回头张望。既然一切都能感觉到我，那我又怎样才能隐瞒我的劣性？假如我要为自己选择一棵草，把它当作我的孩子或我自己，那么我会喜欢它。我跪了下来，在草丛中挑选。从这个角度看去，眼前好像是一片森林。各种甲虫在树林间散步。我向草丛吹了一口气，制造出一场暴风雨，我用力地吹，大声地吼，我在草地上滑行，随后让自己仰面摔倒，冲着天空吼叫，但是我不得不闭上眼睛，因为阳光实在太强烈了。我躺在草地上！我想，我该进屋去告诉奶奶，但是我的身体开始滚动，顺着山坡向下翻滚；天空，青草，树木，泥土，天空，青草，灌木丛离得越来越近，我吼叫着躺在草地上！我躺在草地上！但是泥土始终堵着我的嘴，这种感觉很好。天空重又变得晴朗无云，但是现在，天空被灌木丛和白色的野花遮挡住了，因此，我可以看到之前无法辨认远近的东西。我真该带一只球来。红色的皮球飞到天上。许多白色的花朵挂在枝头，微微摇晃。一只黄蜂飞来，落在花萼的边缘，爬了一圈之后，钻进花芯深处；嗡嗡地在花瓣上投下影子。黄昏时分，盛开的花朵合了起来。在低处，在栅栏旁，它们宛如大滴大滴不知从何处的黑夜中落下的白色水珠，但是永远不能落到地面。在树叶的缝隙里有一张脸。但是我不知道他是谁。慢慢地，他像是痛苦地张开了嘴，想要说点什么，但是他的嘴巴里非常黑，有什么我看不见的东西在黑暗中活动。无论他怎么努力都无济于事。这时候，他伸出手来，摘了一朵花。他将那朵花递给我看，他的嘴仍张着。他想让我闻闻那花。我看到了花芯，但水流了出来，从花芯中滴落。"你为什么要让那球滚落？"他并没有注意到水已经从花芯里流了出来，因为他一点都没有生气。"你为什么要让那球滚落？""我没有滚它，而是扔，让它飞起来！""我知道为什么你明明是在滚，却说自己是在扔。我是医生。球不能滚，球要扔，让它飞起来！""可是我并没有滚！""预备！扔吧！怎么你没听见吗？水都流出来了！你没有听见吗？快点！扔啊！"我朝他手指的方向看去，看到从一扇敞开的门里走进来另一个人。踢嗒踢嗒，脚步声听上去很奇怪，当然，他也注意到了我正看着他，快步向我走来。"我的被子脏了！""哪里脏了？"那人问，并继续向我走来。"这里。"他已经离我很近，非常近，他抓住我的被子，拎起来翻找。"哪里？""这里。""没脏啊，我什么也没看到，没看到污迹，什么都没看到。""可是它确实脏了一块。""是什么东西弄脏的？""血！"他张开嘴巴，抓住被子，从我身上猛地拽开，塞进他的嘴里，同时笑了起来，虽然他嘴里塞满了被子，这时候我已经知道，从花芯里流出来的可能不是水，而是血，他笑的样子，弄得我也忍不住笑了，因为他的嘴里塞着被子。我拨开灌木丛，但是并没有找到我的球，可我清清楚楚地看到它滚到了这里的某个地方。同时我笑得更厉害了，因为我记得那人是怎样将被子塞进嘴里的。一只鸟落在我头顶上的一根树枝上；它尖尖的尾羽微微翘起，一摊白色、石灰样的分泌物滴落到树蛙蹲着的那片叶子上并缓慢流淌。鸟在拉屎！这也让人忍不住发笑。那只鸟转过头，随后飞走了。我想要看到它飞去的地方。我在灌木丛中奔跑，树叶和树枝抽打在我脸上，我看到了它飞去的方向，它要飞到加博尔和小伊娃家，要去那里喝水。咔嚓一声轻微的脆响。一只空蜗牛壳。长满深绿色叶子的常青藤在灌木丛下四散蔓延，浓密葱郁。这时候，那只鸟已经飞到屋顶的上方并继续往前飞。在兄妹俩的母亲经常从那里唤他们回家的露台上，铁护栏边靠着一把合着的长铁柄遮阳伞。在这里，花园看上去更加明亮刺眼。这里也到处被灌木丛围绕，灌木丛后，是一片修剪整齐的草坪，草坪中央是一池静水。水面上有乌龟。我心里猜想，也许还有人留在房子里，此刻正透过已经放下来的卷帘窗的缝隙向外窥视。如果有人问，我会说我的球滚过了栅栏，滚到了他们的院子里。每一个动作都发出噪声。但是卷帘窗一动不动，也没有人出屋来到露台上。我警惕地观察着。说不定他们有枪，他们可能会向我开枪；可我过到这边，只是为找我的球。房屋寂静，仿佛里面早已落满了积尘。即便这样，还是有人守在屋里。枪口就在卷帘窗的缝隙间。我说的是实话，我之所以去他们的院里，确实只是为了找球，因为当球飞过去的时候，天色已晚，我在昏暗的光线下没能看到它落到了哪里。那好，过去找吧！我从灌木丛里钻出来。既然没有人从房子里出来，那么现在这里的一切就都属于我了。我要搬到这里，这里的一切都是我的。我可以坐在钢琴前。那把剑是我的。在壁炉上方的墙上还挂着一支步枪，另外，那幅在黑暗中隐隐发光的小画也属于我，那是一幅日本画，如果他们没有把它带走的话。等我以后娶了妻子，我们就住在这里。我的妻子会穿上他们母亲的衣服，我要把那条绿色的天鹅绒连衣裙带来，就是我想送给小伊娃的那一条。晚上，一辆小轿车开来，打着红灯等在门外，我们去参加晚宴时，她会穿上那件绿色天鹅绒连衣裙，还有珠宝首饰！我知道珠宝首饰放在哪儿，他们给我看过！我迈开脚步，假装在院子里寻找什么，万一有人从屋子里窥伺，万一他们这时候回来，他们可以看到我在找球。只是我很难继续佯装下去，因为无法摆脱这个念头：他们给我看过，我知道他们家的珠宝首饰藏在哪儿，还有钢琴、日本画、剑和步枪。假如真有人还在屋子里，那可怎么办？假如我跟他们解释说，我的球飞到了这边的花园里，对方会不会相信？"什么球？""红皮球，上面有大白点。"他们肯定不知道这条秘密通道，我想。万一有人坐在地下室里该怎么办？"我们什么球都没看到。他想要偷东西。"我紧张得浑身发抖，难以向房子那边迈开步。不管怎样，我最终进到了屋子里，摆弄珠宝首饰，敲击钢琴，我翻啊，找啊，翻遍了每个犄角旮旯；但是在房子里，窗户后，站着一个持枪的人，他在等待、观察，并且清楚地知道此刻我正在想什么。他们不会再回来了，永远不会。我感觉屋里并没有人；我必须闭上眼睛，因为不想看到那个已经拉开了枪栓瞄准我的人。那里根本就没有人。我可以尽管放心地走过去。我可以打开防空避难所洞口的那扇沉重的铁窗。然而这扇窗户很难打开。有一根铁闩将它牢牢地固定，必须用石头击打这根铁闩，因此噪声不可避免。短促的敲打产生一阵低沉而铿锵的凿击声，但是没有人会听到，因为地下室里没有人，只有我。有充足的光线透过打开的窗户投射进来，让我看到地下室是空的。我可以从洞口钻进去，抓住洞口的边缘，然后将身体放入这黑暗的深渊。我的脚底已经感觉碰到一块砖头；砖头的功用是帮助人更容易地向下爬。我可以拉开沉重的铁窗。吱扭吱扭。我从里面也可以插上铁闩。砖头在我的脚下微微晃动，再轻轻一跳，我就站在了那里。这要比我预想的深度浅得多，我的膝盖奇怪地颤动了一下，但脚下已经是疙里疙瘩的混凝土。黑暗中，似乎有两道纤细的光线在空间中延伸，我必须稍微等一会儿，好让眼睛适应黑暗，避免撞到任何东西。但我好像仍在做梦，不知自己身在何处。我迷路了，撞到了什么。这是一只木箱。人可以爬进箱子里，也就是说，一个人在房子里，房子里有间地下室，地下室里有只木箱。我的头顶上是箱子盖，箱子的上面是地下室，地下室的上面是房子，房子的上面是天空。如果我爬进木箱，可以想象到这个情景。黑暗中，我听到一阵窸窣的声响。好像有什么东西在上面爬，不是人，也不是动物。我听到自己的呼吸声。在我下到这里之前，房子听不到我的呼吸，而是沉浸在它自身的寂静里。这么长的时间，如果上面有什么人，不可能一动不动地待在那里。只有我能够屏息静气地观察这么长时间，观察是否有什么动静，但我只能听到自己，于是心里暗想，既然只有我发出的声音，那么一旦我的呼吸变得越来越舒缓、越来越平静，一旦我的心脏不再狂跳得那么剧烈，一旦我的腹痛有所缓解，不需要再用手捂住肚子，那时我就可以离开这里，离开我的这个藏身处，那时我就可以从宽大的窗框后跨出去，那时奶奶肯定不会再半途掉头回家，爷爷也已经睡着了。我的腿已经不再像刚才那样剧烈地颤抖。听不到上面有任何响动，周遭的寂静使我的内心缓缓沉到静谧的潭底。加博尔和小伊娃肯定没有耐心等待，只有我可以。我说，总之，没有人在。上面没人。没有。我用手掌撑住木箱的上缘，我的眼睛已经适应了黑暗。狭长的通道在房子下面延伸。我每走一步都要稍微等一下，等到不再能听到自己脚步的回声，我摸索着扶住墙壁，小心翼翼地迈出下一步。粗糙的砂浆从砖缝间渗出。我的脚尖始终没有碰到台阶。我还一直走在疙里疙瘩的水泥地上。我一直都在摸索，在摸索中迈步。我已经来到了台阶前。台阶，地下室的门就在台阶上面。门没有锁。没有发出吱扭吱扭的响动。门，静悄悄地开了一条缝。前厅也很昏暗。暖和，散发着一股酸腐味。前厅里的味道透过门缝散发到屋外！地下室的阴森湿冷让我的脊背感到阵阵发凉，但即使这样，我还是觉得挺暖和的，屋里的温暖和屋外的寒冷同时触碰着我的肌肤，令我不寒而栗。在墨绿色的树叶和匍匐蔓延的藤蔓之间，在两片叶子的下边，好像有什么东西在沙沙作响。一条蛇静悄悄地向前爬行，仿佛游在水面上。它朝着我爬来。我既看不到它的头，也看不到它的尾巴。只有它那淡褐色的身体在树叶下泛着暗淡的光，这条蛇从容不迫地向我爬来。然后，它一动不动地盯着我。在树叶之间，它睁大两只狡黠的眼睛，仿佛正在眺望前方，看它要爬去的某个地方，但也好像是在看我。它闭上了大嘴，也没有吸气。在它坚硬的头上有深色、厚硬的鳞片。在它的眼睛下边有两个小洞，这是它的鼻孔。在树叶之间，看上去如同树枝或藤蔓。这条蠢蛇。太阳正照在你的头上。我无法以足够快的速度扑向它，使它不能像蜥蜴似的从我手中溜走。如果我悄悄地向它伸出胳膊，我的影子不会投到它身上，因为阳光从前面照过来，把我的影子投向了身后。我十分缓慢地伸出胳膊，慢得就连我自己都没有注意到。我必须从后面抓住它，抓住它的脖子。蛇仍毫无戒备地眺望前方。它的身体在树叶间一动不动，但是我看不到它的尾巴。我将膝盖稍微弯曲，为了能够靠它更近一些，并且保持住这种姿势。我看到它没有做出任何反应，更没有做自卫的准备。我必须从它后面果断出手，不然它的毒牙可能会咬到我的手。等一下，我必须迅速完成最后一个动作，但我并不知道应该怎么做。与此同时，它似乎还是看到了我，感觉到我准备做什么，但是即便如此，它还是毫无戒备地眺望前方，朝着它要爬去的方向，朝着游泳池那边。我感到虚弱、疲惫，但我还是想抓住它。我不能再继续屈着膝盖，我的胳膊已不能伸得更近。啪的一声，我抓住了它，我感觉到手指间坚硬的蛇头，蛇身拼力甩动，但被我死死攥住，我紧紧攥住它的脖子，蛇继续挣扎，但是它身体甩动的幅度受到茂密枝叶的限制，我跪到地上，将它死死按住，我抓着它的脑袋，用力往柔软的泥土里按，尽量让它无法动弹；我的手已攥得不能再紧，一丝颤抖和惊恐窜遍我的全身，因为它已经张大了嘴巴，长长的蛇信子如鬼影般闪烁；但我决不放开它，我想要大笑，因为我牢牢地攥住了它，我真的使出了很大气力，它虽嘴巴大张，但是脑袋无法动弹，只有长长的蛇身在我的胳膊后扭动、拍打。它嘴巴大张，长长的蛇信子飞速闪动；我一跃而起，将它高高举到空中。它的身体跟我的手臂一样长，就像一根僵硬的棍子似的悬在空中。但这是根在空中挥舞的棍子，光滑而冰冷，不时地有力抽在我脸上；它重又变僵硬，重又抽打我，噼啪噼啪，如同鞭子一般，黏糊糊，凉冰冰，我已经感觉不到自己是站在地上，只能感觉到我的手和随时可能从手中滑脱的蛇脖子，我觉得我再也坚持不住了，就在这时，它又想要挣脱，身体再次变得僵硬，但是现在它没再抽打我的脸，而是缠住了我的胳膊；盘绕在我赤裸的手臂上，蛇身光滑、凉爽，拼命地扭动。我朝游泳池那边跑去，我得想一个办法丢掉它、摆脱它，我撒腿狂奔，但是感觉不到我自己，只能感觉到我的手和它缠绕在我胳膊上的身体，我感到这种令人作呕的扭动、滑动、挣扎和紧勒；我徒劳地甩动胳膊，很想将它扔进游泳池里！可怎么才能将它从我的胳膊上扯下来呢？用另一只手？如果它在水里也可以呼吸，那该怎么办？我不敢用另一只手碰它，无论我怎么甩它都无济于事，这条蛇牢牢地缠住了我，不断扭动，我不敢撕拽它，只能紧紧攥住它的脖子，生怕它滑脱出去，我的手攥得非常紧，使它的脑袋动弹不得，但我感到十分疲惫。那里有一块白色的石头。我无法继续将蛇举在空中。我跪了下来，把蛇头按进池水里，但是它拼命挣扎，缠紧了我的胳膊。我用另一只手抓起那块石头。我将蛇头从水里拽出来。它张大了嘴巴。我开始在游泳池的混凝土沿上用石头猛击它的脑袋。每一击都很用力，尽管石头也砸到了我自己的手，我看到鲜血在手上滴淌，但继续击打，用力狠砸，而它也始终没有放弃挣扎，没有松开我的胳膊，一直还活着；我仍不停止，继续击打，白色的石头已经被血染红了。我终于看到，它已经没有了脑袋，变成血泊里一些蠕动的碎肉，但我还是不停地击打，因为它的身体还在挣扎、扭动，还没有松开我的手臂；我扔掉了石头，咚的一声落进水里，溅起水花，我终于将它从胳膊上拽了下来，可我仍然觉得它依旧缠在那里，撕扯着我胳膊上的皮肤，然而这条蛇的身体已经掉到了地上，抽打着自己变成了肉酱的脑袋。在混凝土的游泳池沿上，在它被砸碎了的脑袋周围，我无法分辨哪摊血是它的，哪摊血是我的，我的手也如此，就像那个被我砸烂了的蛇头，仿佛我始终还紧攥着它，始终还在击打，但我并不感到疼，我知道自己站不起来了。蛇身还在干燥的水泥上扭动。我开始奔跑。脚下踉踉跄跄，可我既跑不动，也没有摔倒，不管怎样我都应该庆幸，它已经不在我的胳膊上了，只是我的胳膊和手仍能感觉到它的身体。终于，我被什么东西绊倒，躺在草丛中的感觉真是太好了。我躺在草地上，等着我的手慢慢变凉。血脉搏动。但我不能躺在这里，因为更多的蛇爬了出来，我必须站起来。我感觉到自己永远都不可能回到家了。花园里非常安静，只能听到我的喘息。它们从灌木丛里爬出来。我知道如果回头去看，那条死蛇肯定还在蠕动。我留在这里，没人会知道。我将地下室的铁窗打开一条缝，这样可以获得一些光线。我走进通道，那里很黑。我摸索着找到台阶。通向屋内的门锁着。我坐在木箱里。我们用旧地毯在木箱内做了衬里，所以很柔软。外面阳光普照，一片晴朗的天空。我用大腿和小腿夹住我的手，让它们变凉。我忽然想到，万一毒液从蛇嘴里滴到我的手上该怎么办？我会死掉，死在这只木箱里。我的血已经变得黏稠，可以肯定是出于这个原因。因为我并没有流血，只是渗血。我本想在木箱里睡上一觉，但毒液刺痛了我的手。我忍住不看，我不想看！我已经在花园内的水龙头那里冲洗过了，为了不在手上留下血污。如果我死了，他们不会知道——他们永远都不会知道——在我身上都发生过什么。我坐在木箱里，看着窗外灿烂的阳光。但是我必须离开这里。几条更大的蛇已经从角落里爬了出来。要不是看到门锁着，我肯定会取下挂在墙上的那把剑，然后将它们砍成几段，让它们无法再继续蠕动。有一只绿色的蜥蜴躺在地上，肚皮朝上，还在蹬腿；我抓起一把碎石子砸到它的头上，我很害怕，事实上那只蜥蜴马上就要断气了。我必须离开这里。我正要从地下室里爬出去时，看到奇德走上台阶，来到露台上。我想看看他来干什么。他透过玻璃门向屋内张望。他的脚不小心踢到了遮阳伞的长杆。遮阳伞蹭着护栏滑倒，哐当一声，重重地摔在露台的地砖上。奇德环视一圈，并没有动弹，他竖起耳朵，想要知道屋子里有没有人。他走下了台阶。这时候，我迅速推开地下室的铁窗，发出吱扭的声响。"嘿，奇德！"他注意到只有我一个人在。夏天，他总是剃成光头。他挠了挠头，假装并没有受到惊吓。我留在地下室里，砖头在我的脚下微微摇晃，我不想让他看到我的手。"那里可以进去吗？"他弯下腰，朝里面张望。"里头有什么？""从这里可以进到房子里，可惜他们把门锁上了，从屋里锁上的。""你闪开点，让我也爬进去看看。"我们在地下室里低声交谈。窗户敞着，没有关。"我们在这里储存了蜡烛和火柴。"我告诉他。奇德在地下室里转了一圈，然后也走进了通道，但是那里很黑。他挠了挠头。我爬进了木箱里。"他们有没有留下什么文件？""上面肯定会有。但是这扇门锁得很牢。"奇德检查了周围的情况，随后也爬进了木箱。箱子可以容下我们俩。小伊娃总留在外边。"嘿，奇德！现在这可是我的发现！""什么发现？""鸟拉屎拉的是白石灰！"奇德挠了挠头。"很棒！不是吗？""他们的父亲是间谍，"奇德低声说，"哦，他很多年以前就去了阿根廷，经常从那里寄来包裹。"他笑了起来，"他在那里当间谍！""我从来没有见过他！""那个女人之所以没有离开，留在了这里，因为她是一个臭婊子。""这不可能！"我大声说。他低声问我："你以为我们不知道吗？经常有辆外国汽车来这里！这你不会否认吧？""我也是透过窗户看到的，我奶奶是目击者！""她是一个臭婊子！"他忽然想起了什么，从木箱里头爬了出去。我心里暗想，既然他已经知道，那我还是该告诉他，但不应提到奶奶，因为这是秘密。"有一次，我们在房间里玩，她完全赤身裸体地走了进来。""别这么大声啊！你在说什么，完全赤身裸体？""是的。"我的手很痛，我担心他会找到火柴和蜡烛，这也不应该告诉他。"她看上去什么样？""嗯，她完全赤身裸体，那里毛茸茸的。即便我们在房间里玩，她也照样跟没人似的走来走去。""嘿，西蒙，这里有纸吗？""纸？上面有。上面肯定有，但是门打不开，他们上了挂锁。得想个什么办法把门打开。"奇德走近我说："闭嘴！我跟你说过，别大喊大叫！"由于窗外的阳光很亮，逆光中，我看不清他的脸。他低声说："我可没跟他们交朋友，撬门的不应该是我！""你必须找个什么东西把这扇门打开！他们家里有一幅在黑暗中发光的画。一幅日本画。他们还告诉并指给我看过他们家的珠宝首饰放在哪里！还有一把剑！""剑？""哎，奇德，咱们现在就干吧！""干什么？""就像在我们家阁楼上那样！""哦，我现在不行，我现在得拉泡屎。"他走到角落，把裤子褪下，蹲了下去。我看到屎从他的屁股里拉了出来。他在那里蹲了很久，还不时发出一声呻吟。

有一天，我爷爷在阁楼里讲他祖先们的故事。我奶奶从街区商店里带回一条活鱼。她很高兴碰巧能够买到鱼，因为爷爷非常爱吃鱼。奶奶排了两个小时的长队，可是她不能拎着一条活鱼去教堂。如果事先想好今天会去商店买东西，她就会带我一起去。但我并不喜欢跟她去，因为人们在商店里总大嚷大叫。"你们看哪，她就这么硬往前挤！""你不知道队尾在后边吗?!""聋子。""你还往哪儿挤?! 你听到没有?!"奶奶攥着我的手，将我紧紧拉在身后，我在人群里什么都看不见，因为他们想把我挤出去。奶奶也大声喊道："你们这样不害臊吗?! 难道你们没有看到我领着小孩子吗？""您应该派一个仆人来！""他们居然把这个野崽子也叫作孩子?!""对啊，他本该留在家里，您为什么不把他留在家里？""您还戴着白色礼帽！大家看啊，她来领定量分配的猪油，竟然也要戴着白色礼帽？"奶奶将帽子摘下，每个人都能看到，她的头几乎全秃了，于是他们放我们挤到了前边。奶奶告诉我说，这个女售货员欺骗了所有人，她的金发是染的。有一次，这个女售货员突然大声尖叫："哟咿！我的上帝！"她的手在空中挥舞，大声尖叫："哟咿我的天啊！"她用力跺脚。"你们都给我出去！哟咿，我的上帝，你们要么都给我闭嘴！要么就赶紧滚出去！我在上班，在工作！你们这么闹，让我无法继续！让我无法算账！我必须头脑清醒才能够算账！这样我算不了账！我实在受不了了！我只能停下来！我受够你们了！"这时候，在场的每个人都安静了下来。她手执一把闪亮的厨刀切猪油，将切下的猪油抹到一张油纸上，所有人都默不作声。她将那张纸扔到秤盘上，然后又切了一块猪油，抹到纸上，再看秤上的刻度。她哭了。我们就站在队列的前边。那个女人一边切猪油，一边哭泣，她抹了一把眼泪，结果使自己的脸也变得油乎乎的，商店里除了抽泣声和沙沙的纸声，别的什么都听不见。我很害怕，担心我们会被赶走。我们把鱼临时养在了浴缸里。夜里有人敲我的窗户。我不敢起床，但是一眼看见了军帽。是我爸爸！我们把鱼移到洗脸池里，好让他能够洗澡。他站在浴缸里往身上涂擦肥皂。当我们到商店里时，那个将头发染成金色的女人已经不能继续卖猪油了。她浑身颤抖，一副害怕的样子，手里握着厨刀，不停地抽泣。这时候，一个男人走到柜台后，走到女售货员跟前。我曾在教堂里见到过这个男人。奶奶跟我说，等我再长大一些就可以当辅祭了，但是不可以告诉我爸爸，当了辅祭，我就可以掌管铃铛了。只要我一摇铃铛，所有人都会跪下。在我们跪下来后，只有这个男人盯着我们看，我不明白他为什么要这样看我，而我什么违规的事情也没有做！现在，这个男人走到女售货员跟前，搂着这个女人，让她坐在一只木箱上，并且安慰她说："冷静一下！冷静一下！请你冷静下来！现在这里很安静。你可以算账，可以安静地工作了。"我们跪下，钟声在塔楼里响起，叮当，叮当，声音铿锵悦耳。神父向信徒们展示圣体。女人还是在哭泣，无法停下。我们站在那里看着。我喜欢看父亲往自己的身上擦肥皂，甚至能够涂到背上。女人两手紧攥，浑身颤抖，仿佛害怕什么人。她手里攥着一把锋利的厨刀。"请你们不要生气！我真的再也无法忍受！我实在受不了了！请你们不要怪我！"我曾在教堂里见过一次的那个男人，现在正轻轻抚摸女人的金发，她的金发是染的。"请你冷静下来！谁都没有生你的气，没有人会怪你。要知道，我们也都是人。"但是这时候有人冷言冷语，说这个男人之所以过来安慰女售货员，是因为想加塞儿买到猪油；于是众人又叫喊起来。鱼嘴一张一合，鼓动两鳃，在浴缸里面游来游去。奶奶说，我们星期五吃掉它。我联想到了十字架。在门厅里，在大镜子下边的储物柜里，他们存放着锤子、钳子、钢锯和钉子。我看了一眼自己的手掌，但是不敢往上面钉钉子。鱼游来游去，仿佛在找出口。它绕着浴缸游一圈，鳃总共会开合四次。爷爷问我想不想听他讲鱼腥味姑娘的故事。"想听。"我应道。"那你就要好好地听着，"爷爷说，"我说的每个词都不要漏掉！"我们看着浴缸里的鱼。"从前，在很久很久以前，在一个非常遥远的地方，曾经发生过很多神奇的事情。"我以为他要讲我们祖先时代的故事，就像他在阁楼上给我讲过的那些，但是爷爷摇了摇头，说："不，不是！我刚跟你说了，你要好好听着！可你并没有注意我说的话！我们的祖先还没有死去，他们都还活着，活在这里，活在我们心里。而现在我将要给你讲的这个故事，发生在已经被我们忘却了的时代，那个时候，地球上还生活着巨大的魔怪、蛇妖、毒龙和强悍的神灵；他们就像人类这样生活，相爱相恨，最后只剩下了爱和恨。如果你看到蜥蜴或蛇，你应该想到，它们就是妖怪的影子！现在我要给你讲的故事，就发生在那个神奇的时代，在很遥远的地方。那是我们本不该遗忘的古老大地。那时候我们的祖先生活在一个不同的时代。我们的祖先曾经居住在哈兰之地，亚伯拉罕来自那里；居住在迦南地，雅各从那里逃走；居住在埃及地，约瑟曾统治那里；我们的祖先还曾居住在约旦河谷和幼发拉底河谷，在尼罗河边，他们就在这里，就在这里，离我们只有一臂之遥。你听到没有？棕榈树和椰枣树在炎热的空气中发出嘶嘶的声音！沙粒在你的牙齿间咯吱作响；在科尔多瓦，橄榄树已经开花了！更不要说德国橡树林的香气！他们就在这里，这并不需要很深远的记忆。我要告诉你的是一些你早就不可能记得的事情。我应该从这里开始给你讲起。或者更早。也许我该从世界初始讲起，从上帝创造天地讲起。世界之初，但世界之初又是什么时候？那不仅对你来说，即使对我来说，也是充满奥秘的神奇时代。世界到底从什么时候开始？难道真的是精神创造了物质而后物质创造了精神的喜剧？但即使我不从这里开始讲，以后你自己也会探索到这些空间。那好，我这样讲吧，在创世纪之后的某个时间，这意味着在很久很久以前和很远很远的地方，在那个时候，有一条河流，一条大河，可那是一条什么样的河流呢？在那个时候，那条河流还没有名字！但后来这条河得到了一个昵称——恒河，岸边居住着一位仙子。那么，故事就从这里开始了。这位仙子的头发乌黑如夜，眼睛放出光芒，就像明镜般的水面，在一天中最明亮的时刻，她的皮肤平滑，有如丝绸。就这样，这位仙子快乐地生活在自己的美丽中。在离大河不远的地方有一片茂密的森林。在那里，在阳光根本照不到的地方，在永恒的昏暗之中，住着一个靠吃草捕蛇为自己衰老的身体提供营养的智者。他是一个凡人，但在精神方面是圣洁的，跟美丽永生的仙子一样真纯；由于他从来没有欲望，所以也从来不被爱与恨所驱使。他清心寡欲地生活着，如同生命的水晶，那是存在于一具行将腐朽的肉体内的水晶般的灵魂。这副肉身已经存在不了几日了。肉体等待着死亡，心脏的肉、用来消化浆果的胃脏的肉、脆弱的血管壁和各种隔膜包膜都等待着死亡。在那里，在昏暗的密林深处，试想，一位智者如果不在昏暗的密林深处等待死亡，那他又该在哪里等待呢？童话就是这样。他的生命只剩下最后几个小时了。他清楚地知道，当这几个月、这些天或这几个小时过去之后，他将把自己敏感的肉身和麻木的灵魂送还到无限强大的怀抱之中。如果真是这样，这灵魂永远都不会重生为肉身，再不会作为生灵而存在。他开始等待。但在皎洁的月光下，美丽的仙子在河水中沐浴。姑娘的屁股很圆，非常圆，就像照镜子的圆面包。她的两只乳房就像两头野山羊，或一对双胞胎臆羚正在百合花丛中悠然吃草。智者屏住呼吸，一动不动，他心里暗问：这姑娘是谁？她看上去宛若黎明，美得如月亮，纯净得就像光，香得好似春至之夜。智者差一点就叫出声来：不管你是谁！快拉住我，让我们一起快跑！但是他的嘴里并没有吐出一个词。黑暗突然变成了光明！他的果核落到了地上！智者恍然明白：前者是欲望，后者是满足；他生命中的每一天都是在没有这类感觉的情况下度过的。有魔法的污秽试图污染他，想让他像蛆虫一样重生！他在愤怒中诅咒仙子。让她变成一条沉默的鱼！'我诅咒你一直生活在水里，直到生下两个孩子！'世界上有那么多的咒语，为什么他偏偏选择了这一句？我不知道。仙女扑通一声掉进了河里。在那里，她生活在其他各种鱼儿中间。她的嘴，她那张漂亮的嘴，就这样一张一合，像在水里唱歌。"我奶奶来了，叫我们把鱼拿过去。"让我们把这个故事讲完！许多年过去，也许是五千年，有一天黄昏，来了个渔夫，他在辽阔的水面上撒下一张大网，捕到了仙子变成的那条美丽的小鱼。他将小鱼放进背包带回了家。他杀死了它，就像我马上也要杀掉这条鱼一样。他剖开了鱼腹，为了清洗不洁的鱼肠。但是他惊愕地发现，这条美丽的小鱼并没有内脏！有两个小孩蜷缩在它的肚子里。一个看上去是男孩，另一个是女孩。渔夫大惊失色，叫来了国王。国王查了天象，他懂得占卜，然后说：'我们非常幸运，因为仙灵生下了仙灵，既然仙灵把永生分成了两份，那我们俩可以每人得到一份。我会带走男孩，将他养大。女孩则交给你来抚养，她属于你了。'女孩两天就长大成人，丽质天成。她的头发乌黑如夜，眼睛放出光芒，就像明镜般的水面，在一天中最明亮的时刻，她的皮肤平滑，如同丝绸。但是她并没有追求者，因为她身上的味道很难闻，像鱼一样腥臭。这里的每一句话都蕴含着智慧！你在听吗？你要好好地听！仙灵一旦躲进了肉体，就会变臭！这就是诅咒的意义！但现在我们赶紧把这个故事讲完，让整个故事都掌握在你手中。渔夫让女孩当了摆渡人。女孩在河的两岸之间运载乘客。乘客们被她的美貌迷住了，但是没有人能够接近她。许多年过去，女孩并没有变老。在过了很多很多年后，她看上去会是什么样子？"爷爷竖起了他的手指。这意味着我必须认真思考他说的话。这时他提到了七宗罪，并且竖起了手指。"由于七宗罪，上帝退到了第七层天。那是为什么？嗯，你来回答！仔细想一想！到底为什么？""因为蛇引诱亚当和夏娃掉进享乐之罪的陷阱。上帝退回到第一层天。""接着说！""因为嫉妒之罪夺走了该隐的人性，致使他杀死了自己的亲弟弟。""他的亲弟弟是谁？""亚伯。于是上帝退到了第二层天。""说下去！""因为以挪士和他的同伴们犯了拜偶像的原罪。""那上帝呢？""上帝退回到第三层天。""我们将什么称之为偶像崇拜？""当人们崇拜的不是造物主，而是神的造物！""我们怎样称呼上帝的造物？""我不知道。""别跟我说什么'我不知道'，你有什么不知道的?！动动你的脑子！你什么都知道！别跟我说什么'我不知道'！

你知道：上帝的造物是世间万物，无论在地上，还是在天上，无论存在于已知的世界，还是未知的世界，甚至还包括不存在的东西，总之，所有的一切。你接着说！继续说下去！""接下来该说什么？""到了挪亚的时代！""对，在挪亚时代，人们陷入了暴虐和残忍的罪孽之中。上帝又退回到第四层天。由于示拿王暗拉非犯下了不义之罪，他杀戮了许多的外族人，尽管那些人并不曾伤害他。因此上帝退回到第五层天。""那上帝因为什么去了第六层天？""因为自我封王的宁录建造了一座塔。""在巴比伦对吧？他为什么要建那座塔？""因为他想登上天界！""他犯的是哪条罪？""傲慢之罪！""很好，那你就把原罪都说完吧！""上帝已经在第六层天注视着我们，因为一位国王抢走了亚伯拉罕的妻子，他以前叫亚伯兰，因此，他犯下破坏家庭幸福的罪孽。"爷爷想让我学习他所知道的一切。让我们和爷爷齐声说："她的头发乌黑如夜，眼睛放出光芒，就像明镜般的水面，在一天中最明亮的时刻，她的皮肤平滑，有如丝绸。"爷爷笑了，他感到很高兴，因为我已经知道了，他大声喊道："这么一个美丽的女人！让我们听完这故事，后来到底发生了什么？她是一个美丽的女人，一千年后依然美丽！一千年后，年迈的智者来到了河边。鱼腥味的女人摆渡将他送到对岸。要知道，正是那个身上散发出腥臭味的仙灵，使她成为一位永生的美人。鱼腥味的女人摆渡将他送到了对岸。智者开始央求她，等他们到了河对岸后，请她满足一下他的欲望。但是女孩回答说：'在这里，有许多人都住在河畔，既有渔民，也有隐士；莫非你想让我当着他们的面爱你吗？'这时候智者竖起了手指，大雾顿时笼罩河岸。功力强大的智者得意地一笑，他不费吹灰之力就解决了那个女孩的疑虑！但是女孩回答说：'我纯洁得就像最高的山顶上洁白的积雪，假如你玷污了我的纯洁，那我还能剩下什么？'这个女孩不仅美丽，而且聪明绝顶，因此更加令人迷恋！智者发出一阵可怕的笑声，只有魔鬼才会这样笑，就连鱼儿听到这样可怕的笑声都会脊背发凉，这位年迈的智者就这样大笑。'也许你不喜欢我？'他喃喃自语，'我的牙齿掉光了，这是真的，但这只是因为我已经不必咀嚼食物。我的耳朵里长出了毛发，这是真的，就像浅水中的芦苇荡一样，但这只是因为我不再需要听到任何的声音。在我的舌头上，长了一千年的舌苔都已经变蓝，我的皮肤已经六百年没有畅饮过爱的汗雨，因此像干旱的土地那样龟裂；但是，如果你愚笨得连我身后的灵魂都看不到，我为什么还要这样强烈地渴望你？愚蠢的女人！你厌恶的只是我的肉体！'但女孩回答：'我看到了你的灵魂，老先生。我看到你的灵魂已经准备好了去爱，而我也时刻做好了准备去爱你的灵魂。'女孩聪明的回答让智者心花怒放，兴奋不已。他说：'如果你的灵魂已经准备好了去爱我的灵魂，那么我会保证，只有我的灵魂接触你的身体。你会看到我的力量，我的能力！'眨眼的工夫，年迈的智者摇身变成了一个肌肉健壮的年轻人。'上帝啊，你，是你发明了这场爱情的决斗！'这个聪明的鱼腥味姑娘说，她只有一个心愿，就是希望自己的身上不再有腥味。她接受了他。但是在她接受对方的下体时，还是留下了鱼腥味。就在当天，她生下了维亚萨。就在当天，维亚萨长成了一个年轻人，并请母亲不要再管他，因为他想克服自己身体对舒适的依赖，要将自己的生命奉献给上帝。正如智者所承诺的那样，女孩独自一人留了下来。她嫁给了一名渔夫，变成了跟其他女孩一样的女人，并跟其他女人一样生儿育女，她生了七个孩子，她的乳房变得干瘪低垂，嘴唇满是皱纹，最后死掉了。维亚萨则作为仙子继续活着，他的仙灵是由他外祖母种到他母亲身上又由他父亲传输给他的。这个故事，讲到这里就结束了。"

"这是真的吗？"我问。这时候，厨房里又传来我奶奶的喊声。"在她生的那些孩子里，是不是就有我们的祖先？"我问。奶奶已经等得不耐烦了，她催促我们赶快把鱼拿过去。鱼还在浴缸里平静地游弋，并不知道一旦被我们拿过去，它将会面临怎样的命运。而当我问爷爷，他的爷爷是个怎样的人时，他没有回答。他的眼里是那样漆黑，无论我怎么使劲看，也看不见里面有什么。我以为他会大声喊叫。如果他喊叫久了，嘴唇就会发紫。然而他抬起了手指说："时间到了！"他看起来似乎想在我身上寻找什么。他慢慢将手掌放回到沙发椅的扶手上。那只张开手指的手，放在栗红色的丝绒上，仿佛那并不是一只手，而是一头奇怪的动物。有的时候，如果他在睡觉，我会伸手触摸他粗大的血管。"把你的手放到我的头上。"他小声说。他的头发柔软、雪白。我不明白他的意思。他瞅了我一眼，然后闭上了眼睛。在他苍白的太阳穴处，能看到怒张的血管。有一次，他指着地图跟我说，约旦河是多么蜿蜒曲折。我的手在他的头上变得暖和。爷爷低声说："时机已经成熟了。我已经看到，你的心正在向时间敞开。我很清楚。这是一个重要的时刻。让我们帮助这扇大门打开吧，好吗？"他点了点头，笑得那么好看，他睁开了眼睛，并将我搂向怀里。"扶我站起来！"但是我无法搀扶他，因为他把我搂在了怀里，我以很近的距离端详他鼻子上的两个小孔，鼻孔里有一点黑色的鼻屎，以前我从来没有注意过。我以为他会哭泣，因而心想，这下我可以近距离地观察眼泪到底是从哪里流出来的了；但是他却大声说道："快扶我站起来！"我看见了他嘴里的样子。但是我无法搀扶他。"把我的拐杖递给我！"当我在寻找拐杖时，爷爷牢牢抓着沙发椅，他即使不用拐杖也能够走路。爷爷的身材十分高大。当他站起来时，看上去仿佛这个房间都容不下他。房间变得狭小。他拄着拐杖一边走，一边大声地说："时机已到！"但我不明白这话什么意思，不知道他现在要去哪儿，我没跟着他，因为我有点害怕，但爷爷在屋门口转身大叫："你为什么不给我开门？"我帮他推开房门。"咱们上去。"我们朝着镜子走去，爷爷和我。我们慢慢登上楼梯。爷爷显得有点急。楼梯吱呀作响。他每上一层台阶，都要停下来休息一会儿。在我们休息的时候，他快速呼吸，由于呼吸过于急促，听上去好像喉咙里噎住了什么东西，让他无法喘上气来。"刚好，在我死之前。"他说。我以为他想给我看照片。当时奶奶不在家，她去副食店了，希望能碰上分配什么紧缺商品。就是那次，她拎回来一条鱼。只要奶奶一出门，爷爷总会想出什么新点子来。我们在楼上休息了很久。我们并没有去爷爷从前住过的那个旧房间，而且也从奶奶住过的旧房间门前走了过去。以前，奶奶经常在那个房间里听收音机。当爷爷的腿脚不能再爬楼梯后，他们将沙发椅搬到了楼下，当时爸爸说，他把收音机也搬下来，但是爷爷回答说，他不需要收音机了，他对谎言不感兴趣。"爸爸，这样您会完全跟生活脱节的！""在接下来的日子里，这就是我的任务！与生活脱节！"在楼上过道的尽头，有一扇插着一把大钥匙的铁门。"把它打开！"爷爷说。"我们要去阁楼吗？"我们坐到那张破旧的长沙发上。奇德也在那里坐过。"来，坐到我旁边，但不要看我的脸。"爷爷没再说别的。我以为，我们会坐在这里陷入沉思。我们的鞋子踏在积尘里。由于闷热，他变得呼吸困难。我很害怕，不知道将会发生什么。而这里的一切都是如此昏暗，陶罐发出的轻轻磕碰声，爷爷急促的呼吸声，阳光透过窗户照在我们头顶，但看不到天空，只能看到斜射下来的光束，永远不会消失。我不知道此刻爷爷的脸上是一副什么表情，因为我看不见，但是不管怎样，我必须留在这里。我们坐了下来。爷爷那双黄色的皮鞋，总是被奶奶擦得锃光发亮。也许，等一会儿我不得不再次告诉他我在想什么，但我并不知道自己在想什么，可他不允许我说"我不知道"，而我真的不知道。我很想在地板上跺脚，阁楼会发出奇怪的空空声响。在阁楼上，我能够感觉到自己脚下的房子，但是即使如此，我似乎还是不在这栋房子里。我用一根长棍在看不清的漆黑角落里戳来捅去，为了在我钻进去之前，把藏在犄角旯儿的生灵都赶走。当我钻到那里时，它们都已经消失了，去了我的背后。我看到了它们的颜色，就像阁楼里的灰尘，灰色的。它们蜷缩在房梁下，或者站在烟囱旁。当我攥着木棍走来时，它们似乎想要尖叫，张大了嘴巴，随后消失无踪。总是躲在我的背后。有一次，我突然转身，想看看它们中的一个逃向哪里，我转身的速度非常快，为的就是让它来不及消失，我看到它吊在一根系于房梁的绳子上，因为它吊死了自己，皮肤已经风干，紧紧地包在骨头上，就像一具木乃伊，但即便那样它也转瞬消失了。爷爷缓慢地呼吸，额头挂满汗水，身子躬成一团，眼睛闭着，好像睡着了一样。"不要看我！"他说。他明明闭着眼睛，我不知道他是怎么看到我的。"当我还是个小孩子时，我们坐在祖父院子里的长椅上，在黑桑树下。不要看我！"爷爷说，"你只需要听我讲。你这样盯着我的脸看，会干扰我的。"我看着从横梁间投下的光束，以及由浮尘颗粒汇成的起伏波浪。我靠着黑桑树的树干，十分谨慎，我不想让爷爷察觉到我的失神和有失恭敬的样子，我望向树冠，审视着每一片树叶；这么多树叶！不时会有一颗颗浆果从树上掉下来。我们坐在树下的长椅上，因为我问过爷爷他的爷爷是一个怎样的人。那天爷爷跟我说，时机已经成熟，是该告诉我的时候了，于是他让我坐在长椅上。那是一个安息日，星期六，午餐之后。午餐有在砖烤炉里慢烘了一夜的安息日炖菜，里面是豆子和美味鲜嫩的牛肉，还有冷的甜玉米糊。等爷爷说完我现在也正要说的这句话时，星辰已经升上晴朗的天空。我们在那里安安静静地坐了许久，还看到了满月，红彤彤的。爷爷说，假如他不能够像他爷爷那样开始讲他的故事，那么他会感到十分不安。他的爷爷也这么跟他说，假如他不能够像他的爷爷那样开始讲他的故事，那么他会感到十分不安。故事是这样开始的："你是科恩[1]，来自大祭司亚伦的家族。我要跟你说的，就跟我祖父跟我讲的一模一样，既不会多一个词，也不会少一个词，我祖父的祖父也是这样跟他讲的，'你是神的选民，是被上帝拣选出的族群中的一员，是摩西的兄弟，根据经文，上帝这样说道：要吩咐一切心中有智慧的，就是我用智慧的灵所充满的，给亚伦作衣服，使他分别为圣，可以给我供祭司的职分。'就这样，我祖父的祖父引用了这句经文里的话，而我的祖父又将这句话说给了我，他引用的是同一句话，于是，他们打开了这扇——现在我也正为你打开的——大门。你听到我在说些什么了吗？因为我的声音很轻，轻得连我自己都听不见，但是我能够感觉到。如果一个聋子轻声讲话，就仿佛讲话的并不是他，而是他的灵魂从他体内发出的声音。现在，我这样讲行吗？你能听到我在说什么吗？""我能够听到，爷爷。"我这样回答他，在安息日，在长椅上。我爷爷的爷爷是从捷克东南部的尼科尔斯堡迁到这里来的。这是一个很小的院落，坐在长椅上，可以望见白雪覆盖的群山。天气晴朗时，视线越过石墙的

---

[1] Kohen，即犹太教祭司。犹太传统中，祭司必出于亚伦家族。

墙头，可以看到远处的山峦。石墙很臭，但是即使这样，我们还是非常喜欢在那里玩耍。总有醉汉到墙根下撒尿，奶奶再怎么驱赶也没有用。我爷爷不仅卖散装酒，还卖油、盐、线、蜡烛、糖和布料。他经常去维也纳、柏林或佩斯购买布料。当然，他之所以要去那么远的地方，更是为了买书和与人交谈。他带回来了两匹布，一匹是深绿色的，另一匹则是深棕色。等这两匹布料都卖完，时间已经过去了一年。他再次上路。有一次，他从维也纳给我奶奶带回来一把太阳伞，淡紫色的，或者更确切地说，是仙客来花的颜色。奶奶将太阳伞包得严严实实，放在柜子里。后来，过了许多年，有人忽然想起来：为什么西蒙夫人从来不打她丈夫送给她的那把太阳伞？听到这种问话，奶奶感到很诧异。如果一个犹太女人在工作日打着一把太阳伞在镇里走来走去，大家看到会怎么说？而在星期六，我哪儿都不去，因为上帝将星期六定为圣日。爷爷读了那么多的书，开始怀疑上帝是否真的存在。院子中央长着一棵黑桑树，院子周围砌了一圈石头墙，商店门并不开向街道，而是开在院子里。这很聪明。万一发生什么乱子，不会轻易遭到洗劫。这院子还是由他那位来自尼科尔斯堡的祖父设计的。一旦发生什么事情，他们可以立即插上大门的门闩。人可以从商店直接回到客厅。爷爷捧着书坐在这里，坐在窗前。我今天仍能看到这个场景。假如有客人来，我会听到开在大门上的小门吱呀一声被打开，随后商店门口的门铃响了，爷爷的脸始终挡在书后，他只是朝商店那边大喊一句："您需要什么就拿什么，放下钱，把东西带走！"他给自己倒上一杯酒，津津有味地喝着。但是这样并不好，因为经常有人欺骗他。奶奶再怎么抱怨也没有用，因为爷爷近乎疯狂地沉溺于科学思考之中，他大声叫道，在他还没有弄清楚上帝到底存在不存在之前，不要用油、盐这些琐事来打搅他。这是可以理解的！他吃饭、休息，只是为了积蓄起新的力量去破解秘密中的秘密。在他致力于破解秘密中的秘密时，难道他们还希望他能去给那些醉醺醺的农民倒水果白兰地？这是可以理解的！不是吗？尽管奶奶明白他这话的意思，但她还是将上帝为他们拼到一起的那张大双人床分成了两张单人床。只要他还沉沦在无信仰的罪孽里，只要他还不好好经营商店，就休想碰她半个指头！"我不想让那些还没有被怀上的孩子，因为他的罪孽而遭受惩罚！"拉比同意我奶奶的看法，但是他并不生我爷爷的气。他说，最好还是等待。就这样，他们俩继续一起生活。八年里没有生更多的孩子。那时候，他们已经有了三个孩子。八年之后，我爷爷终于找到了无可辩驳的论据。在第九年里，我爸爸出生了。"你父亲出生了，他是我的信仰的第一个孩子，唯一的一个，我真正的儿子，他是我的小耶稣，是在美好的信仰中受孕的男孩。"我爷爷在黑桑树下这样对我说，那时，我们已经看见星辰在天空中闪烁，这句话正好为他的故事的结束画上句号，而后，红彤彤的月亮升起来了。"但在当时，我的祖父，即你的高祖父还不可能知道我——你的爷爷——现在知道的这些事。他不可能知道在我心里发酵了八年之久的怀疑会逃进麦穗里，并且成熟，等待收割；当那轮红彤彤的月亮升起时，我也对此一无所知。然而，那轮红月就是某种迹象。在他心里怀疑的事情，在我心里已是确定的。那时我还不可能知道，我的诞生就是为了顺应天意，完成天命，就是为了引领这条大河返回到源头；两千年前它从那里发源，并开始蜿蜒流淌，流到世界的各个角落。我只有一个词想要说，但又不可以说出口。耶稣。有一次，在 1598 年，你的一位祖先在布达山上这样大喊：'让我们以死来获得拯救吧！'这句话成了我的座右铭。以后，你来选择，或让他选择你。杀死尚存留的一切，这样我们才能活下去！杀死一切，让这所有都成为死亡神话。想来救世主已经诞生，只是人们并没有注意到。他们只注意到由于自己的疏忽而获得的惩罚。因为律法上说得很清楚：如果你不听你的神——耶和华——的话，你必会在城市里被诅咒，在田野里被诅咒，你的篮子和你的煎锅都会被诅咒，遭受诅咒的还有你子宫里的果实和你土地上的果实，你的奶牛和你的绵羊也必将受到诅咒而不能繁殖；你进来会被诅咒，出去也会被诅咒；神会让可怕的死亡缠绞住你；你必在中午摸索，就像瞎子在黑暗中摸索那样；在你的路途上，不会有幸运，甚至时常遭遇欺压、抢夺，且不会有人搭救你。耶和华必将带你去到一个你和你的祖先都不认识的民族中；在那里，你将侍奉异邦的神——侍奉木头和石头。诅咒！我将诅咒变成了我的生活。让诅咒兑现，助诅咒一臂之力！这就是我为什么要来这里的原因！这时候，红彤彤的月亮已经升起了！让我们以死来获得拯救吧！我之所以来到这里，就是为让诅咒兑现，完成最终的毁灭。正因如此，我将我的种子播种在一个信仰基督教的女人身上，并让她分享我的血；但是你父亲娶了一个犹太女人，让我的努力在你身上打了折扣，你的血中又有一半是犹太人的血了；但你也获得了基督徒的血，犹太人的血有所减少！我来到这里，就是为了完成这一目的！杀生，为了求生。因为犹太人的血不可能消尽；过去如此，现在也如此。即使过了一千年后，犹太人的血只剩下最后一滴，这滴血也会存在于某个人身上。最后一滴血。你不明白！你当然不会明白，因为你不能再从这扇门进去了，你的血已经是混杂的，它已经无法带你进去，只够让你朝里面张望一眼。但不管怎样，你还是从门口朝里面看一眼吧。让我们从我祖父讲起的那个地方开始吧。你要仔细听我讲！我们坐在长椅上。我祖父接着往下讲，上帝为什么选择亚伦做大祭司？也许只是因为他拥有雄辩的能力？你无法在亚伦身上找到解释。一百年，两百年，也许是在四百年前，当亚伦还在的时候？解释是有的，只在利亚嘴里，不会在别处。当利亚，这个渴望爱情的丑陋女人，这条忠实的母狗，再次从雅各那里怀上了孩子，就在那夜的清晨，她欣喜地大喊：主听到了我的声音！当她生下这个儿子时，她给他起名叫西蒙，按照旧时的写法是西缅。[1] 这

[1] "西蒙"对应原文单词为"Simon"，"西缅"对应原文单词为"Simeon"。

个名字的意思是：听到。就像上帝将男孩交到利亚的怀里那样，也将孩子的名字置于她的双唇之上。这是第一道神印。西蒙这个名字具有双重含义，这两种含义合二为一：一个意思是，叫这个名字的人听到了主的话语；另一个意思是，叫这个名字的人所说的话，主听到了。那么，假如有人打破了名字的神印，将会发生什么？莫非会像利亚的第二个儿子那样，由于耳聋而不能听到主的声音？当示剑城的居民们羞辱了底拿后，利亚的儿子们十分凶悍地进行了可怕、血腥的报复。由于有罪的人都逃跑了，他们便将复仇的怒火烧到那些无辜者头上。这是犯罪！上帝用诅咒惩治了罪恶——你们要记住！他把西蒙和他那一代人都变成了奴隶，把他交到他自己的兄弟手中。这是第二道神印。西蒙他们就这样成了仆人，也可以说是上帝的仆人。这是第三道神印。六千年过去了。从那之后，它就是你的名字。但是大门还没有完全打开，只是有了一小道缝隙，不过，它正在打开。你别看我！注意听我讲！我会继续讲下去。"

"当时在耶路撒冷住着两个西蒙。其中一个西蒙到达那里只有几个月，在尼散月之初，但是就在那时，他的老师由于自称是弥赛亚和犹太人的王而被钉死在十字架上，这个西蒙被困在耶路撒冷一段时间。有的时候，当夕阳西下，有人看到他走出城门，但是没有人知道他要去哪儿，也不知道他会不会永远地离开。知道的人保持沉默。但是他们会暗中监视他的行踪。另一个西蒙来自古利奈，他的两个儿子已在耶路撒冷出生，他在这里居住了许多年。这两个西蒙彼此并不认识，虽然他们都听说了彼此的存在。其中一个知道：我有一个亲戚住在耶路撒冷，他来自遥远的古利奈，我不认识他。另一个也知道：我在这里有一位亲戚，本是加利利的一介渔夫，后来遇到了假先知，那个假先知逍遥法外长达三年之久，用各种奇招妙术迷惑了许多轻听轻信的民众，有一天，假先知对他说，从今以后，你将得人如得鱼一样[1]，并收他为徒；但现在没人知道他们去哪儿了，我听说的就是这些。他们从来没有见过对方，尽管上帝想到了这个问题，特意安排了一个对两人来说都值得记忆的特殊日子，那天是尼散月十五日。人们还对他俩的外观进行了比较，他们的体型、他们的相貌，看上去就像是同一个母亲生下的孩子；两个西蒙都很消瘦、矮小，黑色的眼睛散发出炽烈的光，都沉默寡言，不爱说话。那些只从表面上了解他们的人，非常容易将两个西蒙弄混。看啊！加利利的西蒙过来了，他是那个家伙的门徒，那个骗子的名字现在严禁提起，他穿着多么华丽的衣服，他穿着多么华丽的鞋！看啊！他朝这边走来了！这不是古利奈的西蒙吗？可是他今天怎么穿得这么差，这双破烂鞋子是从哪个垃圾堆里捡的？这两个西蒙并未寻找彼此。一个是那样富有，另一个却那样贫穷。当他们想到对方时，两个人都会这样暗中思忖：我该拿他怎

---

[1] 参见《圣经·马太福音》："耶稣在加利利海边行走，看见弟兄二人，就是那称呼彼得的西门和他兄弟安德烈，在海里撒网。他们本是打鱼的。耶稣对他们说：'来跟从我！我要叫你们得人如得鱼一样。'他们就立刻舍了网，跟从了他。"

112

么办？他们搞错了人。但是谁又能意识到他自己所犯的错误呢？在上帝看来，这两个西蒙的事情很棘手，因此过了将近两千年，他才安排他俩碰面。这段时间并不太长。他们俩在我的身上相遇。但是我对此缄口不提。我的祖父不可能知道，时过多年，现在我对你也只能说他从前跟我说过的那些话，同样在这棵黑桑树下，同样坐在这条长椅上。他们根本就无法见面，因为加利利的西蒙总受到古利奈居民的监视，他总是走在荒僻的路上，总是绕开富人的房屋；他消失了几日，人们失去了他的踪迹，之后他突然现身在某个黑洞洞的门口或一条小巷南墙的阴影里，这时候人们重又像狗一样在他身后步步紧跟。他们没有见面，上帝一次又一次推迟了他俩的相遇，他们不可能见面，因为就在加利利的西蒙，那位'得人的渔夫'，走在荒僻的路上时，另一个西蒙，那位来自古利奈的富人，在尼散月十五日遇到了一件令人难忘的事情。那是一个星期五，当为时八日的逾越节假期终于结束，耶路撒冷城中的一切重又恢复了往日的节奏，这个西蒙最终将自己关在家中闭门不出。他蹲在一个昏暗、闷热的房间里等待消息，很长时间都在祈祷。家人们跟他说话，他很少回应，几乎没吃什么东西，房间里一片可怕的寂静。他尤其喜爱他的长子亚历山大。尽管他很爱这个儿子，但是亚历山大看起来并没有能力承继父亲的事业；而且这个男孩也不懂得挣钱，不知道什么时候该买什么，什么时候该卖什么，不知道如何经营才能获得利润；亚历山大只对土地感兴趣，对植物生长、动物产犊感兴趣；但是在父亲的眼中和心里，亚历山大对土地的热爱仍然好过小儿子鲁弗斯所从事的锡匠工作。鲁弗斯从孩提时代开始，就会站在首饰匠的工坊前一看就是几个小时，目不转睛地观察工匠们用敏捷的动作打制碗和壶，并将宝石镶嵌在器皿的瓶颈上、手柄上、支脚上。已经到了以珥月中旬。人们很快就忘记了有人曾被钉死在十字架上。亚历山大收割了大麦后，将第一捆麦穗作为节日的祭品；那一年，大麦的产量翻了二十倍，可以说是一个非常喜人的丰收年。炎热的日子已使麦子成熟。可这一切都不能引起西蒙的兴趣。他不能离开房子，因为光线会刺痛他的眼睛，现在他都不知道这光线来自哪里，也不知道这到底是什么发出的光；他的耳朵被城市的嘈杂声所侵扰，如果他非要走进那既无知又腌臜地在教堂周围拥攘穿梭的人群之中，他会觉得每个人都在盯着他看，带着嘲讽的神情。

西蒙祈祷，他在祈祷中求主的光芒能照亮他的心智，使他明白到底发生了什么。有时他叫亚历山大过去；男孩在黑暗中看不到父亲；他吩咐儿子去一趟教堂，询问亚比亚他大祭司有没有什么消息；大祭司总是回答说：什么消息也没有。西蒙在这令人焦虑不安的'什么消息也没有'中迷失了。几天后，他被发现死在了床上。鲁弗斯与其说感到十分悲伤，不如说感到十分懊恼。他看着死去的父亲，心里暗想：我们发现了他像一条狗似的死在了角落里。如果上到房子的屋顶，会看到周围是宽阔的雕刻石栏杆，漂亮的柱子竖立在轻质遮阳顶下——这种屋顶在耶路撒冷是一种新时尚。有些人认为，这种屋顶令人作呕地模仿了罗马人，设计得很不道德：遮挡住了照在我们脸上的阳光。据说，亚比亚他大祭司本人也不满地抱怨过。如果鲁弗斯靠在栏杆上，他有时能够在隔壁房子的屋顶上看到自己心仪的女孩，并且在尼散月十五日，就在对他父亲来说致命的那日，上帝安排他跟那个女孩相识了。现在他非常渴望看到她，这种渴望超过了以往，因为自从那天之后，他不仅喜欢女孩身材的比例，喜欢她头发的光泽和令人尴尬的斜视，还喜欢上了她呼吸的气味、她的嗓音、她吃惊的样子和她的笑声。在死亡之日，女孩没有出现。"一颗黑桑葚落到了我爷爷的额头上。即使黑桑葚破裂溅出的汁液流到了老人的脸上，我也不敢发笑。他总是能够感觉到一切并知道一切。即便如此，他还是跟我说："不要看我！你一旦看了，就听不到我说的话了，再说，只不过是一颗黑桑葚而已，没有什么大不了的。"我连忙扭过头去，因为当时我确实正盯着他看。这让我突然想起来了一件事。我可以告诉你，我爷爷是个什么样的人。有一次，我们正在黑桑树下玩耍，一颗桑葚落到地上，我们想出了一个文字游戏。在匈牙利语中，"黑桑树"[1]一词听上去很像"逾越节晚餐"[2]，因此我们编出了一个绕口令：黑桑树花开在逾越节晚餐的夜晚！逾越节晚餐设在黑桑树之夜！在逾越节晚餐上吃黑桑葚，在黑桑树开花的夜里吃逾越节晚餐！黑桑树下的逾越节晚餐，逾越节晚餐上的黑桑树！我们跑去找祖父，并且问他："爷爷，爷爷，我们在你种树时，想出了一个绕口令，请您听一下好不好：黑桑树花开在逾越节晚餐的夜晚！"爷爷听了哈哈大笑，我们高兴得大喊大叫，因为我爷爷是个无所

---

[1]　匈牙利语为"szeder"。

[2]　匈牙利语为"Széder"。

不知的人，但是他编不出这么饶舌的顺口溜。"在逾越节晚餐上吃黑桑葚！"爷爷一边说，一边哈哈大笑，我听到这个也很高兴，因为我也能够编出类似的东西。"爷爷，我也能说这样的绕口令！"爷爷没有回答，我继续说，"啪嗒哗啦啪啦啦，哗啦啪嗒哗啦啦！这是什么意思，你知道吗？"爷爷一言不发。我只是盯着他的黄皮鞋，他的皮鞋也一动不动。我不明白他为什么既没有笑，也不答话，为什么他对这句绕口令不感兴趣，四周寂静，静得能听到嗡嗡飞的苍蝇，甚至还能听到我刚说的那句蠢话的余音，那句绕口令是加博尔在学校里跟什么人学的，必须用极快的语速说。"爷爷，没有人知道这句话的意思，因为它根本就没有意思，什么意思也没有。没有任何意味！"我盯着踩在土地上的那双黄皮鞋。"就在那天，尼散月十四日，那是一个星期四，鲁弗斯没有在房顶上看到拉切尔。你在听我讲吗？你在听吗！你要用心地听！鲁弗斯是一个格外俊朗的年轻人。他的身材匀称，皮肤润泽。在走出家门或登上屋顶之前，他都会在身上涂抹润肤油，并且精心梳理头发。他只关心自己的身材比例是否匀称，相貌是否精致。他只对自己的外形和相貌感到满意，对别的什么都看不上眼。当鲁弗斯站在屋顶上靠着栏杆等待，并期望拉切尔能再出现在隔壁屋顶上时，他看到下面的庭院里，他母亲在两名仆人的帮助下，正将几头绵羊赶回家。母亲站在阴影里，抬起手来，在额头上搭起凉棚，轻声对她的小儿子说：'鲁弗斯，听妈妈话，请你今天把衣服穿得得体一些！'鲁弗斯靠在柱子上，没有应答。手指在石头上轻轻滑动，他的手指非常喜欢这种精雕细刻的纹理。想来，鲁弗斯既不会穿他祖父留下来的衣服，也不会穿他父亲或哥哥穿过的衣服。他总是根据最新流行的时尚穿衣打扮，身披一件白色、轻便的亚麻长衫，肩膀上华丽的搭扣将多层的褶皱固定在一起；这是他亲手缝制的，并且在上面装饰了宝石。皮带也是他自己制作的，让他本来就很细的腰看上去显得更加纤细。长衫的式样较短，不仅露出一侧的肩头，还露出了他漂亮的膝盖、匀称的大腿和健壮的小腿——因为它实在很短。这件衣服精致优雅，但看上去还颇有军人气质；罗马军团的士兵们穿类似式样的军服。城市在窒闷的酷热中沸腾。从这里可以望到城墙和南城门，抵达的队伍在那里扎营，扬起一片尘烟。太阳还升在高空，但眼前已是一派忙碌、喧嚣的场景，因为一旦太阳开始下山，到处就都要开始宰杀羊羔了。为期八天的逾越节正在耶路撒冷拉开序幕。新来的外乡人忙着寻找住处，他们要找一个可以支起帐篷的院落。据说，那天晚上彼拉多总督也将率领一个军团来到这里。人们可以用羊羔皮换取住宿。站在屋顶上，在喧嚣的声浪之上，鲁弗斯感觉自己比最穷的乞丐还要像个局外人，他相信这是由于自己心中的爱，没有什么能够让他的爱平息。但事实并非如此！他的爱有着病弱的根须。根据律法，他并不想娶一个妻子，而是想得到一个美人，想要捕捉那个貌似触手可及实则难以捉摸的美人。然而他所看到的，在他的周围和他的脚下，一切都是如此混乱嘈杂，与他的心境格格不入。这时候，那个女孩，拉切尔，夹在她的母亲和姐妹们中间，出现在隔壁房顶上，拉切尔的身材既苗条又圆润，修长，挺拔，凹凸有致，曲线分明，即使羞涩内敛，也无法掩饰天姿的完美，这一切诱惑着鲁弗斯，他似乎想用自己的眼睛享受女孩的完美，这种完美与他用小凿子和锤子在银器或铜器上敲凿花纹时所创造出的那种完美具有相通的本质。换句话说，他通过看她获得的享受，跟他在自己赤裸的身上发现的搏击游戏一样销魂。当然，对他的父母来说，他的这种罪恶并不是秘密，他母亲经常偷看他，并将她看到的那种——很难找到恰当的词语进行表述——难堪事，如实告诉西蒙。比例！在耶路撒冷，一切都受律法支配，律法是另外一种比例。理智支配感受，而不是信仰！没有感受的理性是不成比例的！在律法中，逻辑维持合适的比例，凡是脱离了律法逻辑的东西都是污秽和垃圾！渴望获得具体形式的感觉或感受，都是对律法的不尊重！在日落之后天黑之前宰杀的羔羊，必须是一岁的，而且只能是公羊。那天晚上，到处都是为了纪念逃出埃及而仓促进行的并不享受的晚餐；不可以吃羔羊的血，那是犯罪！不可以敲碎它的骨头！不能参加逾越节晚餐的家庭成员不可以吃羊肉，只能吃苦草蘸甜粥：要体尝苦涩，因为他犯了罪！罪过！第二天早上，鲁弗斯又可以穿上那件衣服了。今天是尼散月十五日。就在这一天，在逾越节的第二天，每个从自己的土地上收割的男人，都必须带一捆新收割的麦穗去教堂献祭！鲁弗斯手握镰刀，亚历山大抱着一捆捆麦穗，他们的父亲走在前边，父亲要比两个儿子矮得多。他们耕种的土地位于城外，在北门外。此刻，他们正从那里返回城中。西蒙沉默不语，他的两个儿子也一言不发。这条路从光秃秃的岩石山顶以陡峭的坡度向下延伸，这座山也因此被称为各各他山[1]，意思是'骷髅地'。汲沦山谷的另一侧，橄榄山在光雾中微微颤抖。一路上他们都不讲话，即使注意到山下城门附近发生了什么，他们仍继续往前走。上午过分炽烈的阳光将从城门口涌出的一群人影熔化成一团；人群向山上涌来，城门黑暗的门洞将他们推出，推到阳光下，将涌流的人潮化为一片尘烟。士兵的盔甲和长矛尖端熠熠闪光。西蒙突然收住脚步，他的两个儿子也跟着停下。那些人虽然距离尚远，但令他们感到意外和无措。西蒙终于挪动了一下，带着儿子站到路边，一动不动地等待。西蒙瞥了鲁弗斯一眼，心里暗想，祖先们就是在这条路上被虏获的。西蒙不喜欢自己的这个儿子，即使跟丑得出名的女儿们相比，鲁弗斯仍更不讨他喜欢，但是，他希望鲁弗斯的日子能够过得更轻松一些。做这样一个美男子，既没意义，也很困难。秘密传播的各种消息，使他心里充满了恐惧。当这个孩子降生时，西蒙乐得合不上嘴——第二个孩子也是男孩！他感到很开心，这是个男孩，一

---

[1] Golgotának，罗马帝国统治以色列时期位于耶路撒冷城郊的一座石头山，据《圣经·新约》记载，耶稣基督就被钉在这座山山顶的十字架上。这里描写的这条路，指耶稣受难走过的路。

头长长的红发。就因为这个，他们给孩子取名鲁弗斯，意思是'流血的脑袋'。但是，鲁弗斯的头发似乎想对他的名字提出抗议，逐渐由红色变成黑色。'就是这条路！'西蒙用教导的口吻对孩子们说，'我们的祖先就是在这条路上被巴比伦人掳获的。我说这个，只是想让你知道，鲁弗斯！自由是一种很微妙的东西。这些日子，就像今天一样，主已将它们变成神圣的日子，让那些尊重律法之人的名字得到颂扬；因此，在这样的日子里，要将目光投向过去，而不是投向自己的身体。我说这个，是想要你记住！这条路上，留下了归来者的脚步！人在自由的时候，身体倾向于忘记自身的过去。'现在仍看不清楚，到底是一群什么人涌上这条陡峭的山路。在清爽的空气中，能听到云雀鸣唱，而那片一眼望不到尽头的人潮发出的鼓噪声，也已能听得很清楚了。听上去就像大地的低吼，他们已经越来越近。父子三人站在路边，一动不动地等待着。三个人都不讲话。孩子们跑在队伍的前头。他们一丝不挂，喘着粗气向山上跑。孩子们的喊叫声将西蒙和他的两个儿子吸引住了；孩子们如同一群发疯的怪鸟，扑棱翅膀，疾速飞翔，尖声鸣叫；他们的脚掌在地上发出啪嗒啪嗒的声响。人群犹如希腊岛的尘云，相互推搡着向上移动。'快点！赶快走！'在士兵们的包围和喝喊中，三个被剥得赤身裸体的男子大声地喘息，系在腰上的麻布已经滑到一旁，很难再挡住他们的下体。他们汗流浃背、满身鞭痕，肩上背着沉重的十字架，鲜血从他们的肩膀上涓涓渗出，被磨破的皮肉红肿发亮；十字架被削尖的末端拖在地上，在高低不平的石头上铿铿跳动，发出刺耳的声响；他们不时相互碰撞，草鞋发出疲惫的啪嗒声。'不要磨蹭了！赶快走！'士兵们呵斥着，并从旁边推搡着他们往前走。所有人都想看到一切，士兵们也控制不住人们的情绪，也许他们享受这种骚动，他们现在没必要让看热闹的人群安静下来。西蒙看着鲁弗斯，跟往常一样，只要他对小儿子开口，就会是一副说教的语气。'他们是罪人！'他小声地说，并且重复了一遍，'他们是罪人！'指挥行刑的军官现在也感到憋闷、气喘，晨练的效用被连日的纵欲所抵消。他被叫来指挥行刑，也被这些肮脏的民众推搡着。'你是怎么知道的，父亲？'鲁弗斯问，父亲说话的声音让他感到不舒服，'你从哪里知道？他们犯罪的时候，你在现场吗？'愤怒使西蒙的眼中蒙上一层阴云。这张漂亮的嘴说话很刻薄，而且说话的时候，嘴角总是挂着微笑。军官一眼看见了西蒙，他俩对视了片刻，两个人都是愤怒的野蛮人。军官深深吐出一口气，西蒙也已经做好咆哮的准备，这时候军官高声喊道：'停下！'明晃晃的尖顶头盔和那张刮得很净、满是汗水、令人作呕的罗马人面孔映在西蒙的脸上，穿透他眼中愤怒的阴云。西蒙摆出一种高傲、自卫的姿态，将两只手护在胸前，像是在说：你想找我的麻烦吗?! 军官还不知道他想干什么。西蒙感觉到，从对方身上散发出一股难闻的味道。'冷静！'军官笑道，但是西蒙并没有回应，这么做很不礼貌，因为他从对方的话里听出，这个罗马人精通阿拉姆语。喧嚣声渐渐退去；在人群的沉默中充满焦躁的期待，既然他们停了下来，那么现在就应该发生点什么。'你知道是谁走在这里？你知道我们押送的是什么人？'军官问西蒙，脸上仍带着笑，他很高兴自己终于能够喘上一口气来。'如果你不知道，那我就来告诉你。他是你的王！'四个肤色黝黑的汉子抬着一顶帘幕紧闭的轿子，此刻正将它放下来，轿子发出咯吱的声响。西蒙以为军官说的是坐在轿椅上的那个人。轿子的帘幕是用廉价的粗纱面料做的。'犹太人的王，他在这里！'军官就像一只做爱中的鸽子，发疯似的尖叫。这个罗马人突然大声咆哮，因为他感觉到周围一浪高过一浪的赞许性骚动。'你就这么站在路边，看你的王背着他的十字架吗？'西蒙不明白这话的意思，下意识地向后退了一步，但是人们你推我搡地往前挤，每个人都想看到正在发生的一切，西蒙已经看不到自己的两个儿子了，他被人围了起来。'我说，可敬的犹太人，你来替他背十字架吧，毕竟他是你的王！我想说的就是这个。'这句话十分刺耳，并且伴随着一阵不雅的哄笑。只有认识西蒙的那些人不敢笑。'要不要他背？'罗马军官吼道。'背！'人群异口同声地回应。西蒙几乎喊了起来：'我不背！'但是人群再次齐声回应，有节奏地叫喊。他们推搡西蒙。游街队伍重又开始向前移动。有那么一刻，就在他被人推搡的混乱中，他看见了中间那个赤裸男人的眼睛；事实上，他看到的并不是眼睛，只是捕捉到了一瞥目光。后来，他在自己昏暗、闷热的房间里祈祷，等待消息，他很想知道犹太公会和亚比亚他大祭司对所发生的一切的看法。他默默祷告，求主明示，让他明白到底发生了什么，就在那令人窒息的巨大黑暗中，他不时能看到那一瞥目光，但是他并不理解那光亮；西蒙不理解，光照在黑暗里，黑暗却不接受光；

他本应抓住它，抓住那光亮，但是他不理解，他为了光明转向主求助，求主明示，然而就在同时，他并没有注意到光，没有注意到从主的眼神里发出的光。啊，我的上帝，我的主啊，我要是当年的西蒙该有多好！然而这是最后的警示。你要注意，世界已经发生了改变！但是西蒙，那个来自亚伦家族的科恩的儿子，并没能理解这一点。他没有理解隐含在十字架重量中的警示的重荷，他只感受到了屈辱，因此他求助于律法，跑到亚比亚他大祭司那里抱怨。但是，当亚比亚他大祭司将羊皮纸书卷挂到乌木架上时，他又能对西蒙说什么呢？所以我想跟你说的是：在你肩负的各种重荷里，你不能只感受到重量，只感受到羞辱，那不过是因为你无法理解主所肩负的重荷！你莫要痛苦！只是你体内腌臜的动物在痛苦！苦难是重荷，重荷则是种警示。你应该为此感到高兴！警示。所有的警示都有其所指！当在那里，在萨尔费尔德森林[1]里，在转移途中，那个德国士兵向我吐唾沫，踢我，我怀着莫大的屈辱躺在地上——我连死都不能！就在那时，我也看到了那束光，它照进我的黑暗中。因为主又把它送来了。那正是主在一千九百一十一

[1]　Saalfeldi，德国东部的一个市镇。

年前曾经送给西蒙的东西。就在那时，在萨尔费尔德积满马粪的土路上，主将我与过去的两个西蒙联系到了一起。因为我抓住了他们中的一个曾经拒绝过的东西，抓住了另一个曾抓住过的东西，但那是一千九百一十一年之前的事了。就这样，两个西蒙在我的身上结合到了一起。而且我已经知道，我的命运并不是死亡，因为我在出生的时候就已经死了，而当我死亡的时候，我的生命会随之而至。正因如此，我对死亡既不期待，也不畏惧。我祖父对此又能知道什么？当他坐在黑桑树下的长凳上时，他能知道些什么呢？什么？但是，还是让我们回到刚才的话题。现在我们已经进到里面，在大门里面！好啦！别盯着我看！你要跟我一起沉浸到故事里。我们刚才讲到了鲁弗斯，鲁弗斯握着镰刀拼命往前挤。他跟着人群向前移动，但是没有看到父亲。上山的人群你推我搡，所以手执镰刀要格外小心。后来，他一眼看到了拉切尔，那个他渴望触摸其完美身体的女孩；拉切尔，这是一个非常美丽的名字，意思是'母绵羊'。石头在人们的脚下滚动，发出刺耳的声响。拉切尔惊恐地奔跑，但同时又好像在寻找什么人，很可能在找与她失散了的那个人；但是她一眼瞧见了鲁弗斯。鲁弗斯将镰刀高举在头顶，不时踩着陌生人的脚向女孩靠近。他用空着的那只手一把抓住女孩的手，攥住那个由敏感的骨头、光滑的肌肉和滚烫的皮肤组成的奇迹，并将她拽到了自己身后，直到他们终于从力量巨大的人群中挣脱出来。他在路边终于松开了那只几乎要融化在汗水里的手，但是——这个可怜的少年慌乱不安！——始终将镰刀举在头顶。人群蜂拥而至，冲到他们前面，像瘸子、瞎子之类的孤独者跑在后面。跟在队伍最后的是一个麻风病人，他一边用他的烂腿吃力地奔跑，一边按照规定大声喊道：'我是麻风病人！我是麻风病人！'之后，道路在天光中变得空荡，白得刺眼。从屋顶上传来阵阵低语。重又能听到田野里百灵鸟的鸣叫，仿佛它始终都没有停止过歌唱。他们则默默地站在那里。很美。是不是很美？不是吗？当然，我祖父讲的，跟我讲的不完全一样。他不可能知道我现在知道的事。然而，我始终都在思考这个问题，直到最终意识到，事情也只能这样发生。在这个方面，我准确的记忆帮助了我。祖父只是跟我讲，在耶路撒冷住着一个西蒙，他有两个儿子。其中一个叫鲁弗斯，因为他出生的时候头上有血，他后来娶了一个叫拉切尔的姑娘，并跟她一起去了罗马。那时

128

候，拉切尔的叔叔住在罗马，他有一栋很大的房子，许多商人都为他工作。那时候，犹太人在罗马很受欢迎。一个来耶路撒冷过逾越节的犹太商人将这个消息带给了那位叔叔，告诉他说：现在已经成了他亲戚的鲁弗斯，能够打制非常精美的珠宝首饰，比如戒指、吊坠和手镯。第二年，当另一位商人去往耶路撒冷时，叔叔便托他给拉切尔和鲁弗斯捎来一封信：'赞美主的名，我亲爱的兄弟们，如果你们还没有听说这个消息——我猜你们还不知道——那么我可以与你们分享。乌云已经过去，罗马城现在阳光明媚。当然，那个由于自身的罪孽已被人杀死的皇帝，在我们的犹太教堂内竖立了自己的雕像，用他被雕入大理石的淫荡身体亵渎了教堂，这只是他众多罪孽中的一项！但拉比们是智慧的！星期五，他们偷偷用壁毯包裹住雕像，这样一来，住在罗马的我们就可以像你们在耶路撒冷那样敬拜主了。拉比们的智慧使我们避免了致命的罪恶。现在，我已经能说，这里阳光明媚。雕像已经被移了出去，并被砸成碎片。毫无疑问，这是一件很累人的活，我们拼命砸了三天才将他的脑袋砸下来。新皇帝克劳狄乌斯不仅砸碎了卡利古拉的雕像，而且感谢主，他还彻底颠覆了旧秩序；昨天还是真实的现实，明天就不一定是了；混乱的日子已经过去；新皇帝将我们的祖先在恺撒和奥古斯都时代所能享有的权利和特权，重又归还给了我们这些由于信仰而遭到旧制度羞辱的人。到罗马来吧！我亲爱的兄弟们！罗马是一座渴求美的城市，虽然我还不认识你，鲁弗斯，但我有所耳闻，知道你是喜爱美好事物的人。祭坛的装饰需要修复，所有的罗马女人都想要获得犹太首饰。我家的房子很大。你们给我捎来的戒指，我特别欣赏。我也捎给你们一枚戒指，尽管我知道，跟你们送给我的戒指相比，我的这枚做工粗糙，一钱不值。但是请你们作为一个象征物接受它——就像我们的祖先那样，我用这枚戒指表示，我会将你们视为我的孩子，你们这些可怜而宝贵的孤儿。'这就是信里所写的内容。在希律王建造的新城恺撒利亚，这对年轻夫妇登上了一艘船。这艘船驶向塞浦路斯，再从那里，他们前往克里特岛，但是船在大海中颠簸了三日，第四天早上，船在罗德斯海岸边的一块岩石旁搁浅。鲁弗斯背着拉切尔上岸，就在这时，拉切尔感到了第一阵宫缩。就在岩石旁边，拉切尔生下一个男孩。他们给孩子取名为矶法，意思是'岩石'。他们携带的所有贵重物品都丢失在海里。鲁弗斯在罗德岛上工作了一年，而后他们就用这笔钱继续乘船航行。他们到达了西西里岛上的锡拉库扎城，但已经没有食物了，小矶法饿得大声哭泣。不过，在那里有许多善良的犹太人住在非犹太人中间，当他们得知拉切尔的叔叔是谁后很愿意借钱给他们。于是，一家人幸运地抵达了罗马。当然，拉切尔的叔叔无法预见古利奈的西蒙三分之一的财产会被潘菲利亚海吞没，而且自己还要替他们偿还债务。西蒙一家在叔叔的大房子里得到了一个小房间，但他们还是很高兴，因为这个房间——就跟其他的厅室一样——通向中庭，中央有喷泉汩汩喷涌。在这里，拉切尔生下了一个女儿，取名为雅亿，意思是'一只在坚硬岩石上自由奔跑的野山羊'。叔叔肯定在背后嘲笑过这家穷亲戚：母绵羊生了野山羊吗？到底谁干了谁？矶法长大后，成了一个英俊的年轻人，就像他父亲当年那样，但是他的美是柔和的，就像他母亲在还没有生孩子前那样。他在夜里逃去找马其顿的奴隶，绕着剧院游荡，他能模仿所有人，跳舞，唱歌，然后转身消失，据说，他成了一名演员，当然他不仅是一名演员。雅亿也名不虚传。不知道在什么时候、什么地方，有一位年轻贵族爱上了她。这位年轻贵族名叫盖乌斯，许多罗马人都叫这个名字。但是他并不以自己的家族为荣耀，而是为自己的名字感到自豪。盖乌斯。因为，他与曾被七次选为执政官的盖乌斯·马里乌斯同名，据说，他在童年时发现过一个鹰巢，鹰巢里有七只雏鹰在啼叫；另外，恺撒大帝也叫盖乌斯，盖乌斯·尤里乌斯·恺撒，他与伟大的盖乌斯有着亲戚关系，因此从某种角度讲，他跟我也是亲戚，尽管他们并不相识，因为他们生活在不同时代。但是，我们的这个小傻瓜盖乌斯在少年时代就将两位伟大的盖乌斯选作自己的榜样，我跟你讲了，这个盖乌斯是我的亲戚！既然他与他们有着亲缘关系，因此每当他谈论起两位伟大的盖乌斯时，就能将自己的渺小存在沐浴于他们的伟大之中。总之，爱情降临，降临在心智迟钝的盖乌斯与思维机敏的雅亿之间。盖乌斯富有，雅亿贫穷，盖乌斯蠢笨，雅亿聪颖，雅亿勤奋，盖乌斯懒惰。盖乌斯似乎只是等待，有朝一日，诸神会看在他名字的亲缘关系的分上，一夜之间让他当上执政官或民选官；可他既不会使用兵器，也不具备演说才能。雅亿矮小瘦削，而盖乌斯身材魁梧，尽管他并没有如另外两位总能让他心中充满希望的盖乌斯那般的英雄气概，但是在他的愚钝中，混合了某种善良的品质，他也像少女一样皮肤光洁，没有体毛。然而，对一个体毛较多的犹太姑娘来讲，这可能很具吸引力。'虽然你的名字叫盖乌斯，那也没用，'言辞犀利的雅亿告诉他，'你跟克洛狄乌斯·普尔喀一样不长胡须，你的血缘也跟他的很像，不是为了权势，而是为了女人，你不要小看这一点，这也是一种权势！如果你已经喝了很多的西班牙葡萄酒，'可怜的雅亿并不知道自己说出来的西班牙这个词是什么意思，'就去漂亮的男孩们那里寻找欢乐吧，就像我哥哥矶法，我已经一年没见到他了，但我还是很爱他；你还是更像克洛狄乌斯，我说的那个克洛狄乌斯。'受过良好教育的雅亿说：'他曾身穿女装偷偷溜进恺撒妻子庞贝亚的卧室——他之所以能这么做，是因为他也没有体毛！这件事发生在女人们欢庆良善女神节的时候，根据希腊人的说法，良善女神博纳迪娅是酒神狄奥尼索斯的母亲，我说这个，你不要撇嘴，我亲爱的盖乌斯。'聪颖的雅亿安慰他说：'我之所以爱你，是因为我的盖乌斯有着克劳狄乌斯的灵魂和马里乌斯的身体，我爱你，或许正是出于这个原因。'其实那个时候，耶路撒冷的珠宝首饰在罗马已经不再那么流行。即使雅亿可以秘密地与他偷情几次，但还是不可能成为盖乌斯的妻子。人们在背后甚至这样议论，这个被收养的犹太女孩不仅睡到了贵族少爷豪华的床上，而且假如她最终不能成为他的，还会给盖乌斯带来诅咒。然而盖乌斯要想娶雅亿为妻，就必须皈依犹太信仰，就要在一座秘密的地窖深处举行仪式，象征性地饮血。人们在星期六聚集到那里，在一个名叫克雷斯图斯的人的领导下，密谋策划发动叛乱。那栋犹太人的豪宅在夜间被包围并被点燃。谁若从大火里逃出来，谁就会被叛乱者的长矛刺中心脏。就这样，拉切尔的叔叔被刺身亡，婶婶也同样在矛枪尖上毙命；他们的七个儿子在烈火中被烧死；鲁弗斯和拉切尔纵身跳进中庭正中的喷泉池里，美丽的喷泉在那里汩汩喷涌；叛乱者就连奴仆们也没有放过，即使那些人从未等待过弥赛亚，他们什么人都没等。不知为何，雅亿逃了出去。就在那天夜里的黎明时分，一名犹太商人启程前往西班牙；他带走了雅亿。她给那个犹太商人生了十个孩子，身材变胖了，成为一位很好的母亲。十个孩子中有六个是男孩；这六个儿子，后来总共生下了三十六个儿子。就这样，她将这些故事讲给她的孙辈们，那也正是我祖父讲给我的。正因为这个，我们祖先所起的名字逐渐减少，只有这个名字父子相传，一代又一代：西蒙或西缅。后来，当这个四分五裂的家族在血泊中相遇时，这个名字又回来了。这并不需要太久的时间。但是，当雅亿给孙辈们讲述这个故事时，她不可能知道这一点。三十六个儿子将雅亿的血脉带到了世界各地；通过雅亿，他们传播雅亿和鲁弗斯的血脉，通过鲁弗斯，他们传播来自亚伦家族的西蒙的血脉。与此同时，时间又过去了大约五百年，那是非常艰难的时期。在孙辈的后裔里有一个男孩，他生了一个女儿，因为他还记得很清楚，这个小女儿在摇篮里时就漂亮异常，让大家惊叹不已，他给她取名为拉切尔，以纪念那位第一个来到罗马的拉切尔，事实上第一个来到罗马的拉切尔，也可被视为家族的始祖母。这个年轻人没有其他的孩子。为了不让这个唯一的女儿也被带走，他假装自己是基督徒，唯一的问题是他不能吃猪肉。他一吃猪肉就会呕吐。苦恼之下，他写信到苏拉犹太经学院向贤哲们求助，像他这样陷入绝境的犹太人该怎么做？如何能够在遭受迫害的境况下遵守他们信仰的诫命。十年过去了，他才得到回答。不过回答并不是一封信，而是遇见一位商人，其实并不是真正的商人，而是著名的苏拉犹太经学院院长，他的名字叫塞缪尔·本·

约瑟夫。在此期间，拉切尔长成了一个美丽的姑娘，客居在写信人家中的塞缪尔十分自然地立即爱上了她。他这样对聚在一起的犹太人说：'你们要记住！以挪士和他的同伴们陷入了偶像崇拜的原罪中，因此主退到了第三层天。我们将什么称作偶像崇拜？如果人们自身是主的造物，他们不敬拜造物主，而是敬拜被他们挑选出的造物，活人或死人。就好像主的诅咒已经应验，把你带到一个你们和你们的祖先都不认识的民族中，正如经文所写，你将在那里敬奉外族的神，敬奉树木和石头。那么，关于伪装？伪装，实际上跟说谎差不多。在犹太经典《密释纳》中可以读到，这也是一种罪。所以，你犯了双重的罪，我只能对你们进行最严厉的责备并为你们祈祷。现在，在羊群归来之前，我会留在这里。'他留在了那里。拉切尔为他生了十二个孩子。但是三十年后，塞缪尔再次启程上路，回到了苏拉犹太经学院，在来这里之前，他就已是著名的导师了。他们带着年幼的孩子们一起走了。他的两个年长的儿子，都已经成为备受尊敬的拉比，两个人都留在了西班牙，留在科尔多瓦。但是无论在苏拉学院，还是在其他地方，人们都徒劳地等待着他们的消息，拉切尔、塞缪尔和孩子们在这个世界上永远消失了。说不定有一天我们会发现他们的行踪，他们会回来。你永远不知道谁会来敲你的门！另外，假如你在梦里说陌生的语言，比如阿拉姆语、希伯来语、希腊语、阿拉伯语、拉丁语和其他的语言，不要感到惊讶，因为在之后的时光里，你还会讲许多其他的语言。这只是一个梦，但一切都是真实的，一切皆有可能。所以，你不要感到惊讶！"

但是，浴室里传来噼里啪啦的奇怪声响。鱼从洗脸池里跳了出来，正在池子下的地砖上翻身打挺。我奶奶抬手捂住脸，泪水从她的指缝间滴淌出来。我站在椅子上，站在爷爷常坐的那把椅子上。我忍不住笑出声，因为我在镜子里看到自己正在往洗脸池里撒尿，同时手里攥着牙刷，尿液顺着牙刷往下流。鱼在洗脸池里用力扑腾，想游，但没有足够的空间。扑哧扑哧。他正站在浴缸里，在往自己身上打肥皂，肥皂涂在体毛上，可以打出很多泡沫，那是肥皂发出的扑哧声，我感觉有人在看着我。我可以转身吗？一个戴眼镜的女人正看着我，弗里杰什老伯坐在她旁边，就坐在刚才我还站过的那把椅子上。他笑了。猛地站起，撒腿跑了。他消失在黑暗中，我感觉是我在那里，在黑暗之中，他抱住我，将牙刷塞进我的嘴里，用力过大，我的牙齿断了，可能还流了血。弗里杰什老伯笑了。流血了，我流血了，我的血会流干。我躺在某个地方。石头冰冷。我不知道自己怎么会在这里。在这里，在我身上发生了很多事情，总之，我动弹不得，只能睁着眼睛观察。黑暗。有人吼叫。"如果你用刀割破自己的手指，会疼，对吧？快回答我！""是的，会疼！"这话问得实在有趣。这是我的声音在回答，我看到了我的脸，但它并没有张嘴。"我要像刀子一样扎你！"可能是爷爷在吼叫。"会很疼！"我已经知道自己是在哪儿。一口洗碗的大铁锅放在煤气炉上。葱头已红得发黑。就在这时候发生了意外，我从楼梯的栏杆上滑下来，摔到这个地方。可无论我怎么喊叫都无济于事，奶奶不会过来，她正躺在里边的房间，现在即使我的血流干了，也只能等死。现在我还是割伤了自己的手指。但这条白色的腿不是人腿。一张床。好像是在我们的厨房里。这些床都是从那里搬过来的。浴室里也铺着黑白格的地砖。鱼还在那儿。但是在窗口处，风将窗帘吹得鼓成了帆，明媚的阳光投射进来，风将一摊摊血吹得微微抖动。十张白色的双层床，白色的墙壁。谁都没在这里。如果所有人都到齐的话，我们应该有二十个人住在这儿；总会有一个人在病房里。我的脚只能踩黑色的地砖！必须等待。会有人来的，到时候我也会离开这里。只能踩黑色的地砖，走到床前，绝对不能踩白色的地砖！看来我还是没有清醒，因为这个女人刚才并不在这儿，我不知道她怎么会出现在这里；既然她向我弯下腰，那我肯定是躺着的。我躺在某个地方。她的嘴在嚅动，在黑白相间的地砖上方。我仿佛躺在一片柔软的白色里，躺在中央，但依然是在冰冷的地砖上，而且这个女人在跟我说话，我看到她的嘴在嚅动！但我听不到她在说什么。奶奶，是她拿来了便盆，因为我要撒尿。但躺在床上的还是爷爷，并不是我。这些床是怎么被搬到那里的？是谁搬的？平时他总是这么躺着。他没有注意到，有一只苍蝇落到了他的眼睛上。必须把它赶走！他看着它，因为他无法闭上眼睛。奶奶还用一块黑头巾罩住了镜子。我不知道这些苍蝇是从哪里飞进来的。奶奶挥舞着黑头巾，放下卷帘窗，关上窗户。可苍蝇还是能飞进来。我必须把苍蝇赶走。烛光在黑暗中微弱地闪烁。她在爷爷的头顶上方点燃了一支蜡烛。无论我们多么小心翼翼都没有用，地板还是咯吱作响。这么说，我还在这儿？"我走了，我要去教堂，你留在家里陪着他，等着天使降临。天使会来接他的，你不用怕！"随后奶奶消失了。爷爷的脚掌从被子下面伸出来。可以听到外面起风了，但是刚才窗外还阳光普照。弗里杰什老伯迎面走来，站定。我爷爷跑到他的跟前。天色昏暗。弗里杰什老伯拿起一枝玫瑰凑近鼻子，闻了闻，然后继续走过来。爷爷停住脚步。门突然开了，奶奶透过门缝大声喊道："感谢上帝，弗里杰什，你来了，我们太高兴了！你想吃无酵薄饼配咖啡还是黄油甜面包？"他们两个拥抱在一起，爷爷哭了。弗里杰什老伯问："你的大便？""已经正常了。人在地窖里拉屎。"奶奶端来了拿铁咖啡和黄油甜面包。白色的甜面包里有很多葡萄干。弗里杰什老伯有一双浅蓝色的眼睛。"你哭什么？我亲爱的朋友，只要在这里，只要我能在怀里感受到你的体重，那就意味着我们还活着！我们还活着，我亲爱的朋友！"爷爷将头搭在弗里杰什老伯的肩膀上。"你就这么来了！"白色的桌布上下翻飞。"这是最好的缎料。这还是我的曾祖母结婚时的嫁妆呢。当心！我只铺过两次。别把它弄脏了！"桌子上摆了三只咖啡杯，第三只是给我的。维也纳的瓷器，是玛丽亚·特蕾西亚女王统治时期留下的。我们将银勺和用来盛奶油的水晶碗也取出来用。切好的甜面包摆在银丝编的小篮子里。两只手放在白色锦缎桌布上，在咖啡杯和银器之间。"你说，'你就这么来了'，这话是什么意思？"弗里杰什老伯问。我爷爷那只瘦骨嶙峋的手紧紧攥住了弗里杰什老伯像棉垫一样柔软的手。"你就这么来了！我的意思是，你来看望我们，仿佛一件旧物突然从逝去的时光里重现，从天而降，令人难以相信，感觉太不真实，更像某种错觉，或一场骗局；是原来的东西，但已经不再是原来的样子，不再是活的，因为它在我心里已经死了。然而它竟然重现，而且在动，是活的，显示出新的样子，可我的过去已经变成了化石，对我来说，你也已经死了！我爱你！我请求你们：不要搅乱我的化石！如果你不再来看我，那么对我来讲，就像我自己也已经死了，只是我没有注意到是什么时候死的。在我身上发生的事情已经少之又少，已不再是生命，而更像是一些与死亡相关的鸡毛蒜皮！你不这样觉得吗？"在桌子上，弗里杰什老伯那只像棉垫一样柔软的手紧紧攥住了我爷爷瘦骨嶙峋的手。他大声地笑了。"哈哈，你露出了马脚！你这个傻瓜！哼唧，呻吟。多愁善感的犹太人。"蜡烛在我爷爷的头顶上冒着烟并发出哔哔声；熔化的蜡珠顺着蜡烛的一侧滴淌下来。一只苍蝇嗡嗡盘飞，落在他的鼻子上，向很大的鼻孔爬去。它爬了进去！虽然我坐在这里，但我恍惚觉得，躺在爷爷床上的是我，并不是他！有什么东西躺在那里，那个东西看上去像我，或者就是我。我该做点什么！从椅子上站起来！但是有什么东西把我捆在这里。我哪儿都去不了。我坐在这里，或者躺在那里，因为也有可能，这所有的一切都不过是个错误，而且就连我自己也没有注意到，在这期间，我不但有了儿子，就连孙子也已经出生；我变得衰老，死亡，现在那个男孩看着我，我就是那个男孩。或许我只是困了，奶奶叫我留在这里，做一个梦，然后醒来。我可以去哪儿？但坐在沙发椅里的还是爷爷，他的手搭在红色丝绒面料上。然而这个人不是我爷爷，这只手是我的手！可爷爷突然挥了一下手，一只咖啡杯被碰翻了，由于愤怒，他的脖子和嘴唇都变得青紫。"你不能说这种话！你早就应该明白，我！我就是我！我是我自己！"但是弗里杰什老伯闭上了眼睛，鼻子里哼了一声："我之所以这么说，就是想让你生气，因为你生气的时候，你会感觉到自己还活着！"听了这话，爷爷并没有笑。"这是很严肃的事。你要笑就笑吧！

用不着掩饰你的讥笑，它锋利得像刀子一样！你用这种掩饰的讥笑告诉我，我的全部理想，我的整个人生都是一个巨大的错误！"一道灰色的影子迅速闪到房梁后。影子很快乐。有一个声音喃喃地央求：爷爷，讲故事啊！爷爷，我什么都不记得了！我听到这喃喃的声音发自我心里，奶奶还是没有回来，也许这也是我梦到的。身体在被子上勾勒出那么精准的轮廓，两手紧扣，沉陷在蓝色丝绸的柔软之中，重量。苍蝇有的落在墙上，有的围着他的额头和鼻子嗡嗡盘飞。蜡烛的火焰哗哗燃烧。屋外的风声，从卷帘窗的缝隙间漏进来的光线，还有我肚子里轻轻的咕噜声。我没有吃早餐，因为奶奶今天忘记准备了。有一次，他们吵架的时候，我吃掉了所有的掼奶油，但是晚上就吐了。弗里杰什老伯总会将地毯上弄得满是碎渣。他把甜面包掰成小块，一边掰一边扔。"很严肃的事？我亲爱的，我不知道在这个世界上是否真的有什么可供我们人类严肃探讨的事情。没错，我是在笑。笑你，我也在笑你！你说什么，错误？你说的错误是相对什么真理而言？你的整个人生都是错的？你的全部理想？人的理想只能指向一个目标。可是谁会知道目标在哪儿？上帝吗？错误，这话可是你说的，我亲爱的，不是我说的。理想与错误，目标与真理——这是法国四对舞的两组舞伴。它们悠然起舞。既然你喜欢自己的理想，那么也该抱有怀疑。我不抱怀疑，因为我没有理想，我之所以没有理想，是因为我没看到目标，因为没有目标；我不知道什么是目标，我什么都不知道，所以我将自己交给了上帝。你了解葡萄牙的历史吗？你感兴趣吗？"弗里杰什老伯将他的手掌平放到桌子上，爷爷则把手放到他的掌心里，"我不太懂历史，但对葡萄牙发生的事情，还是记得很清楚的。""我知道！"爷爷应道。"我指的是马依米·西蒙，他死了，他被关押在地牢里，但仍没有接受基督教洗礼，尽管其他的犹太人都皈依了基督教！""这件事我知道，那个西蒙是我家族旁支的一位远亲！但你为什么要跟我提这件事？你说这个是什么意思？难道火刑的柴堆是我点燃的吗？我是脱掉了衣服，但从来没有放弃信仰！我现在穿的只不过是世俗的伪装！我已经抵达了自己的灵魂。我自己的！我的灵魂只转向上帝！而这个灵魂是我自己的，是我的，它不属于任何羊群！""你安静一下！听我继续说下去！""不用麻烦你来讲，这件事我很清楚地知道！""但结局，你不知道结局！""什么结局？没有结局!"爷爷大声吼道。弗里杰什老伯也吼了起来。
但是他俩都没有松手,而是紧紧攥着,互相拖拽,两只
手仍彼此相握地放在桌上的咖啡杯和银器之间。弗里杰
什老伯将甜面包泡进咖啡里,当面包吸满了咖啡后,他
才将面包放进嘴里吃掉。蜡烛旁的水杯里,装着爷爷的
假牙。奶奶说,我们要把假牙收起来放好,因为爷爷留
下的所有一切都是记忆。弗里杰什老伯还把甜面包捏成
小球,掷向爷爷。他们开心地笑了。奶奶说,她还是不
来跟我们一起喝咖啡了,因为她实在受不了他们。他们
简直就像傻瓜!"安静!你不可能知道!去年春天,在
波尔图,离开了五百年的犹太人为犹太人的上帝建造了
一座犹太教堂,离开了五百年的犹太人又回来了!"弗
里杰什老伯大声吼道。爷爷也吼了起来:"五百年后,
你知道再过五百年会发生什么吗?五百年!不再有时间
之类的东西!这样说不对,应该说,时间不复存在!只
有我,我!只有我存在,唯一的现实存在!我!"弗里
杰什老伯望着爷爷,松开了他的手,擦了一下额头,低
声说道:"你怎么看约伯和与约伯相关的那场旷日持久
的争执呢?你知道约伯的故事!"爷爷将他的手掌平放
到白色的桌布上,弗里杰什老伯则把自己的手放到他的

掌心里。"约伯？我明白你的意思。你这把刀子！"爷爷俯下身子低头吻了弗里杰什老伯的手。随后他们只是坐在那里，都哭了。爷爷低声呜咽，弗里杰什老伯抽着鼻子默默流泪，但是他想笑。"你，我亲爱的，不管怎么抗议，你最终还是成了被选中的人。你选择了自己。你自己，连同你自己的理想。你选择了你自己。我则溜进了由别人的理想给予我的东西里。我身上穿着你脱下来的衣服。我亲爱的！我坐在这里，从头到脚都纽扣紧系，你赤身裸体地坐着，跟我在一起。我们俩就这样坐在世界之巅。两个老傻瓜！最终，两个人都只有理想。只有理想，而这些理想什么都不是，只是无知。最终，我们只在无知中成为兄弟。"弗里杰什老伯跟我爷爷一样高，但是很胖。爷爷去世时，他不可能过来，因为那时候他也已经不在人世了，但是奶奶说，之前他们没想告诉我这件事。不知道他的那块怀表去哪儿了。他肯定是在我们吃鱼的时候死去的，我听到了电话铃响。那是一个星期五。奶奶说，肥胖者的棺材要专门打制。在他的大肚子上有一个小小的鼓包。那是因为他的马甲口袋里装着一块怀表。这只怀表每隔半小时就会响一次铃，演奏一支短小的曲子。仿佛他的肚子会演奏音乐。每次他来我们家，刚一坐到沙发里，就把我拽到他的两腿之间，要我将脑袋枕在他的大肚子上；随后，他从马甲的纽扣上解下长长的表链，将怀表递给我。在他们聊天的时候，我躺在床上，等着怀表演奏音乐。闹铃响时，我闭上眼睛，怀表已开始演奏乐曲；但我还没来得及高兴，那段旋律就已经结束，我只得再等半个小时，等它下一次响起。我们已经喝了咖啡，他们握住彼此的手。我爷爷说："我不知道之前有没有跟你讲过，我在回家的路上，经过克拉科夫，有一大群人站在一栋房子前。我也停下脚步，朝他们看着的方向望去。炸弹将那栋楼房纵劈成两半，劈得整整齐齐，正好将一栋楼房一分为二，留下的半个房间完好无损，照片几乎依然如旧地挂在墙上，长沙发上的靠垫只是落了一些灰尘，在二楼的床头柜上，我不知道因为什么，恰好在桌子的正中央烧焦了一条，看上去像蕾丝花边；在三楼，用丝绸面料包墙的房间内一角，靠墙摆放着一架钢琴。在被劈成两半的楼梯井里，一个男人正在上楼，人们的目光都盯在他身上，此刻我也盯着那个人，那是个年长的男人，每爬上一层都会停下来休息一下，然后继续往上爬。在第三层，在那里，他将钥匙插进锁眼，打开房门，然后在身后轻轻关上。在门厅里，他将外套脱下，挂到衣架的挂钩上。他走进房间，环视一圈，微笑了一下，用手指在椅子上抹了一下，看到椅子上落满了灰尘；随后他在钢琴前坐下，打开琴盖。他看着琴键，陷入了沉思。我们一言不发地站在下面的街道上。我觉得，波兰人知道他是谁。之后，他开始弹奏，我觉得，那人是肖邦。但是他在为自己演奏、练习。他活动了一下手指，重新找到弹奏的感觉。既然漏掉了一段，他就重新开始，因此，他虽然弹的是同一首曲子，但是展现出的总是曲目不同的侧面。因此，这一切显得更加完美。前来围观的人群越聚越多，里三层外三层。许多人都哭了。奇特的表演持续了大约一个小时。这时男人站了起来，活动了一下腰，随后朝另一扇门走去。那扇门开向更深的地方。他猛地拉开了房门，门框也随之晃动，整面墙壁剩下的就是那个门框。"这时候怀表报时，旋律响起，弗里杰什老伯站起来问道："这故事是你想出来的，对吧？这是你编的，我说的不对吗？回答我！"爷爷没有回答。弗里杰什老伯笑了。"这是你编的，我知道！生活并非如此，我知道！我说的对吧？这是你编的，我就知道！"弗里杰什老伯大笑起来，一屁股坐回到沙发椅里，沙发

150

腿咔嚓一声折断了。他坐在地板上接着大笑。他走了之后，我们把沙发椅从房间里推了出去，放到楼梯下面，以后必须找人修理。夜里有人敲窗户。床前摆放的是我从橱柜里偷偷取出的一双丝绸便鞋。我必须迅速把鞋塞到什么地方。"开门，是我！"窗外站着一个头戴军帽的人——我的爸爸。我没有开灯，这样我可以跟爸爸单独待在一起，因为奶奶是不会发现的！我没有找到丝绸便鞋，而且把椅子撞翻了。我伸出手摸索。他不耐烦地在门前跺了跺脚。我没有找到钥匙，因为钥匙插在锁眼里。钥匙必须留在锁眼里，因为这样小偷就无法用假钥匙开锁。爸爸脸上的胡子刮得很干净，脸也很温暖。他的衣服闻起来很臭。如果奶奶不醒，我就找来汽油帮他把衣服洗干净。"爸爸，我来洗吧！我去找汽油，让我来帮你洗！"我们伸手打开了浴室里的灯，但是我不得不挡住眼睛，所以看不到他。鱼沉在浴缸的水底睡觉，但是被灯光惊醒了。"奶奶买回来一条鱼！""你用不着洗，我一早就要离开！"他将他的衣服递到我手里，然后赤身裸体地站在那儿，我非常喜欢看他赤身裸体。不过我爷爷说过，根据律法，任何人都不应该看自己父亲裸体时胯下的部位。小伊娃说，胯下是鸡巴。"爸爸，我可以跟你一起睡觉吗？""我差一点忘了，我给你带来了一样东西。快把我的裤子递给我！你在洗脸池里放满水。我洗澡的时候，咱们先把鱼放在洗脸池里。"当他在裤兜里找带给我的东西时，我在洗脸池里放满了水，但我没有回头看他，只是兴奋地等待，想看看等一会儿我会得到什么样的惊喜。就像有一次奇德送给我一发子弹那样，不过那是枚子弹壳，里面空的，没有火药。"哨子。你吹一下！"鱼在洗脸池里拼命地扑腾，它很想游动，可惜没有足够的空间。我父亲站在淋浴喷头下，闭上眼睛，我坐在椅子上，时不时地吹一声哨子，这样就能让他明白我得到这只哨子很高兴。我很兴奋，因为我坐在这里，他站在浴缸里，正往自己身上打肥皂，我还可以跟他一起睡觉，因为他会一直在家里待到早晨。这时候浴室门开了，我看到奶奶眯着眼睛透过门缝往里张望，并且大声喊道："费里！费里！大半夜，你吹什么哨子？"但她并没有进来，而是跑了回去。哨声停止了。夜里，奶奶的头上既不裹头巾，也不戴帽子，每次她拿便盆来时，我都会大喊：拿尿盆来！拿尿盆来！实际我很想喊的是：光头来了！光头来了！——但我从来没敢这样喊过。奶奶跑了回来，这时她已经缠了一条头巾。"要我给你洗洗背吗？跪下吧，我的儿子，让我来给你洗一洗背！"父亲在浴缸里跪下，奶奶在他的背上涂抹肥皂。接着她问了一连串的问题："我给你把衣服洗了？我洗，会很快，我用汽油洗！你饿了吗？我给你弄点什么吃的？鸡蛋行吗？"爷爷人还未到，声音已至，浴室门虽然敞开着，但他还是站在了门口。"我等你等得太辛苦了！出事了！出大事了！Die letzte Woche wurde Frigyes Sohn verhaftet![1]"父亲躲开了奶奶拿肥皂的手，站了起来。"你不洗头吗？你不想让我给你洗洗头吗，我可爱的儿子？""爸爸，现在我该怎么做？""你问我吗？他是你的朋友！"父亲站在淋浴喷头下，闭着眼睛。水哗哗流下，父亲的身体闪闪发光，水在他的脚下泛着泡沫，流进下水道。"年轻人的愚蠢！既然他们逮捕了他，肯定有充分的理由。"父亲说。爷爷再次喊道："Er war doch dein Freund![2]"父亲睁开了眼睛，低声回答，爷爷身子前倾，努力从儿子的口型读出他的话。"爸爸，当一个坚如磐石的世界形成时，友谊也会成为过去。很遗憾。我也已经长大，有自己的路要

---

[1] 原文为德语，意为："上个星期，弗里杰什的儿子被捕了！"

[2] 原文为德语，意为："他是你的朋友！"

走。""但是现在说的不是你！你不可能不受任何道德和时间的约束！""求你了！别再嚷了！你没看到他现在刚刚回家吗？我的宝贝儿子！吃鸡蛋吗？"奶奶打断了爷爷的话。"爸爸，我们必须始终清楚自己所站的立场，然后才能讨论道德问题。给我一条毛巾！"奶奶不知道该去哪里洗她那双沾满肥皂沫的手，她打开橱柜，用两根手指捏着抽出一条干净的毛巾。"党派！在我看来，始终只存在一个政党！你嘲笑我吧，随你怎么嘲笑，你知道怎么能够激怒我！自从上帝创造世界以来，人类就有两派存在。该隐的和亚伯的！但是话说回来，当然你是对的，因为我只能选择站其中的一边！""咱们别再争吵了，爸爸，我累了。""被迫害的与迫害他人的！""给你毛巾！我的宝贝儿子！""爸爸！我找不到我的哨子了！""如果你问我站在什么立场，我只能这样回答：我站在这里，站在浴室里，我就在这儿。我是野兽，不是猎人！""我的宝贝儿子！毛巾在这儿，给你！"我爸爸微笑着从浴缸里跨出来，从奶奶手里接过毛巾。哨子肯定滚到浴缸下了。"我很抱歉，爸爸，这一切听起来那么美丽动人，我忍不住要呕吐！"鱼在洗脸池里拧身摆尾，拼力挣扎。父亲用毛巾擦湿漉漉的身体。没有人拧上水龙头，水继续从淋浴喷头里哗哗流出，并咕咚咕咚地大声流入下水道。他走在前边，将浴巾缠在腰上。奶奶跟在他的身后，爷爷也努力不被落到后边。站在浴室门口，我可以看到那个很少允许我进入的房间。只有当奶奶打扫完卫生，我才能跟她一起进去，或在下午所有人都午睡时。那是家里最漂亮的房间，没铺地毯，每走一步，地板都会咯吱作响，屋内空空荡荡，四壁白墙。窗户上也没有挂窗帘，因为没有必要挂，阳光从来照不到那里；窗外有三棵高大的松树，松树的黑影在墙上移动。我在那里可以非常放松，没有人在背后监视我。大床上铺着柔软的绿色被子。我躺到床上，想象他就躺在我的身边，窗前摆着一张曲线形桌腿的写字台，沙发椅靠垫的布套也是绿色的，质地柔软。桌上是空的，只有一个抽屉，但总是锁着，因为最重要的文件都存放在那里。妮娜·波塔波娃编写的那本俄语教材，也是我在一个星期天的早晨从这里偷出来的。奇德在阁楼上搜寻，但一无所获；秘密全都藏在这里，但是我不能告诉他。房间里没有别的东西。如果我们打开枝形吊灯，它也只发出微弱的光亮。爷爷又说了几句什么，他站在房间的正中央，在枝形吊灯的灯光下。爸爸扯下系在腰上的那条浴巾。他看上去那么高大、多毛、赤裸。床上柔软的绿色被子闻起来有一股特殊的气味，感觉像是我将头伏在他的肩上；被子里有一块污渍或磨损，我不清楚是什么。奶奶递给他一套干净的睡衣。每次爸爸前脚离开家，奶奶后脚就会开始洗衣服、熨衣服，无论他什么时候回家，都可以给他干净的衣物。只要爸爸一走，我就会跟奶奶一起等他的来信或电报。但是邮递员从来不会进入我们的院子，只在门外吆喝，因为他怕狗。其实我的狗并不咬人。如果它龇牙咧嘴，那是在微笑，但是所有人都害怕它，因为他们以为狗要咬人。有一次，在一个星期天的早晨，奶奶没有带我去参加弥撒，她自己也没去，因为我爸爸是星期六晚上回来的。星期天上午，阳光照进门厅。他站在镜子前打量自己。"我的头发已经开始变得灰白。你把锤子取出来，再拿一些钉子，我们来做一个信箱。我还不知道拿什么东西做！"我们在台阶下面，在那些损坏了的旧物和皮箱之间寻找能用的木板。他找到了一个旧抽屉。我们用这个旧抽屉做了一个信箱。看上去就像一个小房子，有门，有窗，还有斜顶，下雨的时候可以让雨水流下去。从那之后，邮递员不再吆喝了。他会把信投进信箱里。我的狗死时也龇牙咧嘴的。我想将它的嘴弄成正常的样子，但是不可能。即便狗已经死了，邮递员也还是不进院子里。上午，我总是眼巴巴地站在窗前苦等爸爸的来信或电报，但总是一无所获。信或电报总是突然而至。摆满橱柜、用来存储衣物的小房间昏暗而闷热。我朝光线明亮的房间跑去，因为我突然想看他的眼睛。"我该怎么说，我的上帝？就像祈祷文里所说的那样，乞求你，将你的词语置于我的唇上！"每当他允许我躺在他身边，在他还没有关灯时，我总会盯着他的眼睛看，因为我不明白，到底是什么使他的眼睛这么蓝。这会是因为什么呢？"哎哟，赶快穿上睡衣，不然你会感冒的，我的宝贝儿子！"之后，在星期天的早晨，我都会爬到他的床上，躺在他的旁边。他赤身裸体地躺着。我也很想脱掉睡衣，但是不敢，我也不知道为什么。我本来可以更好地感受到他。我将头枕在他的肩胛窝里，能够闻到被子的味道，并将自己的身体紧贴到他的身上。但是他很快就推开了我，低声说："回去！你不要在这儿！走啊！快走，回到你自己的床上去！快点回去！快去！"他从奶奶手里只接过了睡裤，并试图将湿浴巾扔到沙发椅上，但是浴巾掉在了地板上。"瞧你就像一个哑巴！"爷爷抱怨。"又开始了？您又开始了，爸爸？""我很担心！我知道什么样的命运在等着你！"爸爸展开熨烫平整的睡裤遮住下半身，仿佛在量裤子的长度。他想了好一阵子，自嘲地笑了一下，在我爷爷面前轻轻抖了抖空瘪的裤腿。"好啦，爸爸！您别生气，我实在忍不住了。我是笑了。可您知道什么？算了吧，您自己站在什么地方？在我看来，您早就已经无处可站了！""我还活着！如果你没有注意到，那我告诉你：我还活着呢！一个人只要还活着，就能够说话，就可以说出自己的想法，即便什么都做不了，但是他所想的事、所说的话可以传播开来，会产生影响，这个你想阻拦也拦不住！你看到没有？你再怎么洗澡也无济于事！你身上还是沾满了淋漓的鲜血！在上帝的审判台前你做了些什么啊？我的儿子！""不要再跟我谈什么上帝！""上帝怎么会从我的身体里弄出你这么一个魔鬼来？""够了！实在无聊！""你觉得无聊？""还有您那该死的《圣经》！我厌恶透顶！""你厌恶透顶？现在该轮到我笑了吗？哈哈！你很害怕！你害怕我的话在你面前掘开的深渊！你害怕了，你在发抖！你害怕你的过去不能证明你是对的——过去，我也是你的过去！——那样一来，你仍会浑身是

158

血，坠入深渊，坠入我掘开的深渊！""够了！您没听到我说的话吗？够了！""儿子！老伴！你们俩都不要再吵了！我可爱的儿子！你想吃鸡蛋吗？"奶奶试图阻拦父子间的争执，但已不可能，父亲已变得忍无可忍，他大声吼道："假如我不必考虑您是谁的话，爸爸！事实上，我跟您真没有任何的关系，一分钟也没有过，我这么讲一点都不夸张！没错，我是诓骗了您的钱，但幸运的是，我从来不是为了我自己，因为我知道能用它做一些好事，话说回来，这也是您这辈子唯一能做的一件有用的事，您给我钱，为的就是现在能让我用它堵住您的嘴，难道您不明白吗？我们都不亏欠谁！您得到的回报是可以高兴地欣赏自己！因为您从来不知道什么是无私，您的每个举动都是虚伪的谎言，总是要维护自己的纯真，因为您怯懦，您一直都很怯懦！我从来都很反感您嘴里那些令人不可思议的华丽辞藻！您那肮脏的欲望升华成了精神！难道您没有意识到吗，自己已经不再活着了，您不再活着！您应该明白！您已成为过去，不再活着！我若不是看在，很遗憾，您是我父亲的分上，现在我会像对待杀人犯那样狠狠地扇您一巴掌，并要确保您那些狗屁不值的想法不会再继续传播下去，更不会再传进我的耳朵里！""可恶！照你说的，反倒是我有罪了？我的上帝啊，我居然成了罪人？我的儿子，你是不是想拘捕我？我在这里等着呢！""把你的手拿开！对我来说，你当个牺牲品都不配！令我作呕！您还不明白吗？我真想把您撕成两半，就像撕这块烂布，就这样！你赶紧从我的房间里滚出去，听明白了没有！"我扶着屋门。爷爷无奈地摊开了胳膊。爸爸将睡衣撕成了两半。从浴室里传出奇怪的扑通声。那条鱼从洗脸池里跳了出来，掉到池子下面，在地砖上挣扎。我跑过去抓鱼，但是鱼身又黏又滑，很难抓住。于是我把它抱了起来，紧紧抱在怀里。我将鱼放回到浴缸里，然后打开水龙头放水。奶奶哭着跑到厨房。我的睡衣变得黏糊糊的。父亲砰的一声撞上了屋门并用钥匙锁上。当浴缸里的水放满之后，鱼开始游动。很安静。爷爷就是在这里给我讲的鱼腥味姑娘的故事。只要奶奶一去商店买东西，爷爷就会在阁楼上给我讲祖先的传说。就在奶奶拎着那条鱼回来的那天，爷爷说："我给你讲我的祖父在塞雷尼，在那棵黑桑树下的长凳上给我讲过的故事。"爷爷坐在——当我爸爸往自己身上打肥皂、鱼在洗脸池里扑腾时——我坐过的那张椅子上。但现在他低声跟我说："不要看我！我已经不在这里了！"我盯着黑白格地砖。屋顶的窗户用的是带铁丝网的特殊玻璃。我实在无法想象，怎么能把铁丝网压进玻璃里面？我抬头望着窗户，光线从那里斜斜地倾泻进来。现在！现在！现在正在倾泻！若是能够看到光线发出的那一刻该有多好！或看到它结束的那一刻。"不要看我！注意听我讲！这个故事没有结束，以后它会在你的身上继续，你可以继续讲下去。当然，前提是你要知道。我始终都在给你讲，一直都会讲，没完没了地讲下去，就像我爷爷给我讲述的那样。这些话就像是从我的嘴里流出来的，注意你的嘴，流口水了！言归正传，塞缪尔·本·约瑟夫的两个大点的儿子留在了西班牙的科尔瓦多。我是说到这里了对吧？""是的，是说到这里了！""当时，当我那位住在塞雷尼的祖父准备继续讲下去时，我也是这样回答他的。不，我说的并不对，事实并非如此，事情只是计划要这样发生，但它并没有真这样发生。我并不想撒谎。在这个故事里，所有人物的计划和想象都是次要的。我们只能严守事实。在这个精密的结构里，事实就像齿轮一般严密咬合在一起，一个推动另一个；哪怕只是微小如尘埃的一丁点谎言，就足以让所有的一切发出刺耳的咔嗒声并陷入停顿！哦，不！这不是历史，历史不会如此！历史的齿轮会相互咬合得非常完美，一粒尘埃都不可能落入，因为整台历史的机器都被密封在一个玻璃钟罩里，就像奶酪那样。只可能是我们讲述得不够谨慎，有所遗漏。在这种情况下，谨慎就意味着坚持。Zu den Tatsachen.[1]那么让我自己纠正一下：这家人在瓜达尔基维尔河的河谷里骑驴旅行。向南，直到海边。"

---

[1] 原文为德语，意为"事实"。

"在西班牙南部的加的斯城，他们卖掉了几头已经变成累赘的驴子。只留下两头，一头是鲁本的，那是头普通的小灰驴，另一头是犹大的，但那不是头普通的驴，是白色的驴。两个男孩站在海岸边。当怡人的海风将一艘艘船吹到海平线的尽头，他们本来准备动身回去，但是那头漂亮的小白驴在犹大身体的持续重压下瘫倒了，虚弱不堪。鲁本检查了一下这头白驴。'我感到心情很沉重！我觉得这头驴子已经再难承受那么重的负荷了！'犹大伤心地哭了起来。'傻瓜！'一向以处事冷静、客观出名的鲁本说，'这头驴病倒了。我们索性将它卖掉。至少它的这张驴皮可以替我们赚一些钱，然后我们再添一些钱，可以买一头替代它。'而敏感有余、聪明不足的犹大回答说：'我们怎么能在它还活着的时候卖掉它的皮呢？我们怎么卖？既然我是一个傻瓜，那你就一个人走吧！我要去看医生！'鲁本笑道：'你为什么要去看医生？为你，还是为这头病驴？'犹大被气坏了，大声嚷道：'我带着驴去！'但是鲁本继续挖苦他：'你去给驴找医生？难道你是把医生当成了驴吗？医生可不是一头蠢驴！'犹大听了，不再搭理鲁本，用力拽着那头病驴往前跑，而且边跑边喊：'你走吧，一个人走吧！我自己也可以处理好一切！我不再跟你一起走了！'鲁本骑着他的那头驴子一颠一颠地朝相反方向走去，并且不时地回头吼道：'你跟你的驴子一样愚蠢！蠢驴之王！'就这样，鲁本回到了科尔多瓦。犹大则因为那头生病的白驴，只身留在了加的斯城。他们慢吞吞地穿过城市，小男孩在前，病驴在后，犹大则忧忡忡地看着自己的白驴，脚步蹒跚地走在最后。当小男孩停下脚步时，城郊的最后几幢房屋已被他们甩到身后了。'看哪！那里有栋房子！'只有一条小径可以通向那里。路边长满了橄榄树和野花。有一位蓄着长胡子的老人站在屋前。当他得知这头驴子的主人是塞缪尔·本·约瑟夫的儿子时，低头听他说了很久，没有讲话。'我不知道能不能帮上忙。'过了一会儿他接着又说，'我希望我掌握的知识足够治愈这头驴子。我知道你的父亲知识渊博，我非常敬重他。他的学问是在无限中探索。我只是在有限的领域里寻找笨拙的解决办法。我会尽力而为！如果我的眼睛没有骗我，在精神世界里，你并不比你的父亲逊色，我很高兴，你的驴子病了，你能带着它来我家。'老人的女儿是一位面色苍白的美人，她给犹大洗了脚。再看看这栋房子！他还从来没有见过这样的景象！房子里养满了各种动物！而且分门别类，应有尽有，就像被挪亚带进方舟、在大洪水后被放生的那些动物。数量多得难以计数！猴子们在一个房间里追逐戏闹，一只巨大的野猫懒洋洋地卧在角落里；在它们的头顶上，许多只红色、黄色、蓝色的鸟儿落在悬吊的长杆上轻轻悠荡，叽喳鸣叫，森林里的所有鸟儿都不知疲倦地盘旋翻飞，啄木鸟、山雀、画眉、喜鹊、猫头鹰和麻雀，数不胜数！蚁鹨、斑鸫，在一只大笼子里关着三十只灰斑鸠和三十只鸽子，另外还有红脑袋的伯劳鸟、林莺、黄雀、雀鹰和朱顶雀。在第二个房间里，鳄鱼和眼镜蛇在各自居所的一隅相安无事；此刻，这条蛇正盘成一团打盹儿，一只刺猬在舔它的头；但那里也有绿腹的蜥蜴和硬壳的锹形虫，有苍蝇、椿象、跳蚤、虱子和很多蜈蚣。第三间屋里住的是狗，有大有小，还有六只狍子和七头小鹿，三只羚羊和一只在鹿蹄子旁边跑着的黄鼠狼，以及一群大尾巴的水貂和松鼠。第四个房间的水池里游着各种鱼，有魟鱼这种骇人的黑色扁平状的鱼，有漂亮的海星、鲤鱼、鲷鱼、鲈鱼、鳟鱼、鲢鱼和在海底游走的乌贼、章鱼，以及柔软的水母，看得出来，它们舒适愉悦地在一起共生！在水池边，有一对白鹳、一对野鸭和几只大雁，还有一只苍鹭和一只白海鸥。看到这幅场景，犹大感到十分震惊。似乎这里就是他一直在寻找的地方。'我好像在梦里来过这里一样！那些天，我是在诧异和惊喜中度过的，这毫无疑问。我感到很放心，因为驴子迅速康复，一天比一天强壮。'而在第五个房间里，在动物们散发出的恶臭味中，在嘈杂刺耳的喧嚣中，一个面色苍白的少女坐在窗前。她正在用金色的丝线将各种植物绣在精美的丝绸上。她只绣植物。'我从老人那里学到了很多东西。我知道了眼镜蛇藏在牙齿里的毒液可以用来治疗炭疽病；而刺猬的肝脏，如果晾干、捣碎并精心与云母粉混合，可以制成一种特效药，用来治疗驴子的病。我还了解到鹦鹉的粪便可以治疗牙痛，如果将鲽形目鱼的有毒分泌物涂抹到奶牛的臀部，可以减轻奶牛产崽时的痛苦。''什么？混乱？'老人在动物的嘈杂声中大声喊道，'这是上帝的旨意！'而犹大也很乐意坐在那位面色苍白的姑娘身边。女孩抬起头来说：'犹大，你是不是想问我为什么要从早到晚做这些刺绣？我也知道，穿这些衣服的人想必早早晚晚都会死去，丝绸和金丝线的绣花会伴随他们的肉体一起腐烂！我想，我应该在海风上刺绣，那样就可以让所有人看到我绣的图案，可以让我灵魂多姿的须茎、花朵、蓓蕾在我们周围的天空中闪亮而轻盈地飘浮！'她这话说得太好了，真的很动人。犹大向女孩求婚，并且从她那里学到了很多关于植物的知识。'后来，我们的老父亲去世了，我们俩留在了动物们中间。'他们就这样幸福地生活。后来，犹大在他的一部重要著作里记录下自己所经历的一切，记下来他所知道的和不知道的那些重要问题。他们在不知不觉中生下了四个女儿，在动物中间，这种繁殖率也算相当高的。顺便说一句，一头生病公牛的主人告诉他们，塔里克部落已经渡过了大海，这无疑意味着可能发生的巨大危险。一天晚上，加的斯城烧成一片火海。动物们哀鸣、呻吟、低吼、惊叫。只有鳄鱼能够保持冷静，尽管他也懒洋洋地睁开了半只眼睛。熊熊火焰在城市中燃烧，照亮了房子内部，犹大的女儿们惊恐地哭泣，她们生活在动物中间，本来什么都不害怕。'最令我们害怕的，是那些投在墙上的动物的影子！野猫在屋顶上号叫。一个漆黑的影子拦住了我们，冲我们家大声喊道：不管你们准备留下，还是逃走，都必须分开，分开，单独行动！不要让其他可怜的犹太人陷入绝境！但是，为什么？我们的父亲不解地大声问道。对方反问：难道不是你将西哥特人的秘密作战计划出卖给塔里克人的吗？陌生的逃难者气喘吁吁地继续逃跑。但是我们的母亲很镇定，从一个房间走到另一个房间。她先打开灰斑鸠和鸽子的笼子说：你们飞吧！然后又放走了所有来自森林和草原的野鸟。她驱赶猴子，猴子们翻着筋斗出去了，很快逃进赤红的暗夜。眼镜蛇爬出了门槛，一声不响地从我们眼前消失。羚羊向北疾驰，蚱蜢四下蹦跳，无数的昆虫爬得到处都是；有些昆虫长有翅膀，迅速飞走。只有鳄鱼忧心忡忡，但你们的外祖母一直在引它、逗它，直到它终于挪动身子，环顾四周，辨清了方向，然后动身向尼罗河三角洲爬去。当房子里只剩下沉默的鱼时，你们的外祖母瞅了你们的外祖父一眼说：我们可以走了！'他们骑上白驴，一家人出发了。他们朝着科尔多瓦的方向，去投奔鲁本叔叔。当然，你应该知道，在加的斯城还是黑夜的时候，巴格达已经是黎明了。有谁会想到，流浪汉沙普鲁特会在这天黎明离开巴格达，他并不知道自己究竟要去哪里。沙普鲁特是一个年轻的小伙子，他背着自己所有的财产。沙普鲁特两天两夜没能将头枕在同一个枕头上。他是你总会在路上看到的那个人。他的眼睛在心火中燃烧，他的眼皮被黄沙和阳光灼伤，发炎变红。'你从哪里来，沙普鲁特？你要到哪里去？''我不知道。我没有目标。我跟从嗅觉。我认为这是最安全的方向！'但无论他徒步走出多少公里都没有用，当时他还不可能知道：地球是球形的，因此无论他怎么走，都不可能离开自己，没有地方能让他找到他所要寻找的东西。六年后，他到达了科尔多瓦。他不仅请求在犹大家借宿，还向犹大的大女儿求婚。莫非这就是他要寻找的吗？这对年轻恋人在一起睡了两个晚上。沙普鲁特一连讲了两天的故事。沙普鲁特讲的那些故事，总有一天我会单独讲给你听。后来他也消失了，没有留下任何踪迹，只留下了一枚发芽的种子。当这枚种子在几个月后开始发芽时，我们将跨进第二轮。我们家族的故事总共有七轮。我的祖父给我讲述过六轮，而第七轮是我们的故事。第一个是鲁弗斯的故事，那是非常美好的一轮，早已经结束，而且是以失败结束的。在沙普鲁特的神奇故事里，美好永远地消失了。第二轮，就是现在接下来要讲的这个故事，是理性的一轮，在这一轮里，我们的祖先查斯达·伊本·沙普鲁特，就诞生在这个感人肺腑的故事里。'你看，大门已经打开了！'这是查斯达在给他的孙子讲故事时说过的话。因为，他相信理性能开辟出一条通往幸福的必经之路，他并不知道连我的祖父也不知道的那些只有我才知道的事情，在对开的大门后面是封闭的墙壁，这个闭合的圆环不会在任何一处断开，而总是回到原点，周而复始。但我会继续往下讲，就像他对我讲过的那样。查斯达讲了一些关于他出生的重要事情。查斯达在他母亲怀孕的第七个月出生并活了下来。他有七颗牙齿、七根头发，还有一个特别大的脑袋，致使他母亲在生他的时候死掉了。七岁时，查斯达就已经能够流利自如地说七种语言。十四岁那年，查斯达用七种语言写了一首诗，标题为《玫瑰》。我们的祖辈们一代又一代地口口相传，如今已经可以教给你了。这首诗是：

它骄傲的帝王红

也不足以用来比拟

这洒落的殷红——鲜血

"我希望你能够理解这首诗粗犷而优美的旋律。我认为，他是用巧妙的暗喻讲述自己降生时的死亡痛苦。查斯达最喜欢阅读的是他祖父撰写的关于动物的书籍。他长到二十一岁还没有长体毛，但基督徒、犹太人、西哥特人和阿拉伯人已经带着各种奇怪的病症来寻找他向他求治了。他享有很高的声誉。就这样，他最终进入了伊斯兰宗教与世俗最高统治者哈里发的宫廷。你要注意！我说的是：他成为宫廷御医时的年龄是二十一岁，三乘七岁！七！数字七的秘密在第二轮里，在理性的这轮中已经显现出来！就像存在七重地和七重天那样，在理性的一轮里，一切都会在数字七的主宰下发生在他们身上。但你应该知道，当时有一位名叫萨恩兹的英俊国王。这位国王是哈里发他们的死敌。他逢人便会展示自己的肚子、腿和胳膊上的肌肉：你看，你这个丑陋的家伙，你看我也是用同样材料构成的血肉之躯，但我的身体是多么完美！比方说，在我的皮肤下连一个脂肪颗粒都没有！但是这位彪悍健壮、疯狂自恋的国王，在一夜之间开始变得肥胖。起初，他的体重增到几百公斤，像是一头肥猪。无论多少名医围着他转，都无济于事，第二天，他的体重又增加了两百公斤，到了第七天，他的体重已经要以吨计算。这时候，他诏令天下，寻找神医：无论是谁，只要能治好国王的疾病，就能向国王索要任何一样东西——这就是这位肿胀的胖国王做出的承诺。在开始治疗之前，查斯达这样对国王说：'我并不想向您索要钱财或土地，不想要您的黄金、城堡或财富，我的要求只是，假如我有幸治好您的病，那就请您跟我去科尔多瓦，追随你主要的敌人——哈里发，在我看来，他是一位优秀的君主。'毫无疑问，肿胀的国王一口答应。奇迹发生了。其实这也算不上奇迹。查斯达敲碎了一条蛇的脑袋，从一只狐猴身上抽了一点血，放在绿色蜥蜴的肚子上晒干，然后加了一些胡椒和其他香料。随后，他将这种混合物喂给一只鸽子吃下，于是鸽子下了一枚蛋。他让国王吃了这枚蛋。不出两天，国王的体重就减少了两百公斤，到了第七天，国王的肚子完全瘦回到了从前的样子，他又开始对臣仆们喋喋不休地自夸：'我是多么英俊！我非常英俊，不是吗？你看，这条精美的丝绸带子系在我腰上是不是很好看？'他高高兴兴地去了科尔多瓦，追随哈里发。他很快乐，因为他可以继续沉浸于对自己英俊外貌的迷恋之中，并能因此骄傲一生。所以，查斯达不仅是一位医术高明的好医生，还是一位聪明智慧的调解人。出于感激，哈里发国王封查斯达为宫廷大臣，这就是查斯达为何能变得非常富有的原因。因此，在人们的眼中，他是一位智者。闲暇时，查斯达从事天文学研究，还创作诗歌、翻译文学作品。拜占庭大使将希腊名医迪奥斯科里德斯的植物学著作赠送给他；他先将这部著作翻译成拉丁语，之后再翻译成优美的阿拉伯语。因为在那时，在那里，犹太人还是阿拉伯人。他撰写文笔优美的书信。正是归功于他的口才，居住在黑海北岸的哈扎尔国王阅读了查斯达极具说服力的论述后，率领他的臣民皈依了犹太信仰。就这样，哈扎尔人也成了犹太人。但是即便如此，查斯达还是有一块很大的心病。他始终没能有一个儿子。在他的七个女儿里，大女儿怀孕了。但是他们没办法知道女儿怀的是谁的孩子。他不知道！无法知道！因为女儿始终不肯道出实情。因此，查斯达恼怒地殴打了女儿，而且殴打了好多次，一次接一次。他似乎要在这个不幸的、不守贞洁的女儿身上发泄对自己的出生乃至一生的全部愤怒。他一边殴打，一边咬牙切齿地咒骂。然而奇怪的是，即便被打，女儿对他也没表现出反抗。可是，这枚在大卫星照耀下的闪亮钻石，为什么会对自己的生活感到如此愤怒？假如不曾与他一同围炉取暖，换句话说，不了解他的内心的话，就可能问出这样的问题。查斯达的生活始终受到心智的支配。然而心智——他不可能知道，我的祖父也不可能知道——对于生活来说是不够的。即使根据《妥拉》教义中允许的律条，他每个星期与妻子发生两次性关系，查斯达仍无法相信他自身的本能，因为根据他本能的节奏，始终抱着这样的祈求：下一个是男孩！一定是个男孩！给我一个儿子吧！我想要一个儿子！求主满足我的愿望吧！心智的愚蠢罪恶就是：意志。而那位遭到痛打的女孩感到很享受，她大声地喊道：'请你相信我，父亲，我所做的，并非出于情欲！'她越是这样喊，他打得越厉害！'我是你的女儿，我是属于你的！父亲，我这么做，是出于某种崇高的原因！至于什么原因，我自己也不清楚。是听从某种最神圣的呼唤！父亲，我知道这事让人很难理解，就连你的心智也远远不够！即使是你，也不知道未来！现在我要走了！'我们都以为这个女孩会永远地消失。她在西班牙南部的马拉加城生下了她的孩子，没有人知道这孩子从哪里且因为什么得到了这样的名字：塞缪尔·伊本·纳格德拉。他们以为女孩自杀了。查斯达出于悲痛和悔恨，在科尔多瓦建立了一所学院，杰出的塔木德学者摩西·本·以诺就在那里传播拉比犹太教学说。但是塞缪尔出生了，正是由于他的出生——你瞧，这个女孩并没有撒谎！——才使这个家族得以在理性的一轮中高高翱翔。他的心智纯净如水晶，突破了所有知识的禁锢，并且将所有的知识照亮。他的母亲则作为他的最后一位女仆照料他，始终没有向他透露他身世的秘密，但是她将塞缪尔送到了科尔多瓦的那所学院去学习。塞缪尔和查斯达就在这里不期而遇，老人被塞缪尔迷住了，他十分疼爱这个男孩。他并不知道这个聪明可爱的年轻人就是自己的外孙。即便如此，他还是本能地感觉到了什么，因为他决定将自己的故事讲给塞缪尔。因此，假如上帝引导你与某人相遇，你一定要小心！要有礼貌、友好、冷静，但同时也要提防，因为你永远不会知道，这个陌生人身上会不会有你的血脉！假如你最终决定向他敞开心扉，那可能会是你最好的投资。塞缪尔能用七种语言写作、交谈、阅读。他能够破解传自星辰的未来秘密。玫瑰，这种古怪的家族植物，会在挺直带刺的茎干上开出热烈奔放的天鹅绒般的花朵，就像当年赐予他外祖父写诗的灵感那样，玫瑰也激发他写下了一首诗。这首诗存留了下来，我可以背给你听，塞缪尔在诗这样写道：

> 虚弱心脏的花朵
>
> 啊，玫瑰花
>
> 点燃我的丝绸！

"你在听吗？这首诗听起来要比当年查斯达写的那首更怡心悦耳！美艳而浮浅。塞缪尔的生活就是这样。在理性与智慧的那一轮中，他是达到最高点的人，也正因如此，他注定是那个跌落的人。一天夜里，科尔多瓦失火，大火一直烧到天亮，整座城市化为灰烬。塞缪尔逃到了格拉纳达。他的母亲还活着，在这里靠当女仆和偷窃谋生，节衣缩食，艰辛度日。在她病逝之前，她告诉了塞缪尔这个秘密：他十分敬重并视为导师的那个人，正是他的外祖父，但是至于他父亲是谁，完全无关紧要，她始终没有向塞缪尔透露他父亲的身份。'当时

我需要他，只是为了能怀上你！'塞缪尔用他死去的母
亲留下的钱开了一家小商铺，商铺的位置非常好。有的
时候，当我坐在这里环顾四周时，心里会生出这样的想
象，实际上这就是塞缪尔的那家小店，而我就是塞缪
尔，当时发生在他身上的事情，也可能发生在我的身
上。我坐在香料和丝绸中间，感到格格不入！在街道的
对面，有一扇大门敞开，一名臣仆从哈布斯国王的宫殿
里走来。当这名臣仆拎着刚刚采购的物品回到王宫后，
他来到哈布斯国王跟前，这样对国王说：'国王陛下！
街对面住着一位精通各种学问的犹太人，他的思想锐利
得就像刀刃一样，他能用七种语言作诗、写作、阅读和
说话。''国王派人来找我，要我不要再开这家勉强维生
的小商铺了，因为他想找一个有能力的好秘书，已经找
了很久。那好，我去！'塞缪尔说。当我祖父讲到这里
时，他捋着胡须，呵呵地笑了。我不明白他为什么要
笑。当然我后来弄明白了，我祖父压低了嗓音告诉我，
在那里，在我们街道的对面，住着的并不是哈布斯国
王，而是宰相格伦菲尔德！这正是塞缪尔的星相升起的
曲线。他先做秘书，然后出任大臣，创办了一所学院，
为图书馆搞到一批来自苏拉学院的《塔木德》抄本，这

些抄本正是他的曾外祖父，著名的塞缪尔·本·约瑟夫在苏拉学院教书时——在他动身开始长途旅行之前，在他消失得无影无踪之前——曾经亲手翻阅过的。哈布斯国王驾崩后，根据他的遗嘱，塞缪尔成为格拉纳达最有权势的大维齐尔，相当于一国宰相。三乘七，等于二十一。这么多年过去，他在格拉纳达成了一位无所不知、无所不能的贤哲！他就像一位大公，受到人们由衷的尊崇，穷苦的犹太人盲目地相信，先知的预言已在他的身上应验，犹太王国的时代已经到来！现在我们已经拥有强大的权力！他去世的时候，声望已经达到巅峰，自然而然，他的儿子约瑟夫成了他的继任者。一朵发霉的花被夹在经书之间！无穷无尽的知识令他窒息。他随意颁布毫无意义的法令以逗自己开心，戏弄他那溜须拍马的宫廷。例如，他曾颁发过这样的法令：每位蓝眼睛的市民都应该先向黑眼睛的市民打招呼，并且要以岔开双腿向对方展示自己屁股的方式！再举一个例子，他还下令每个农民和农妇要在播种之前尝一下土壤，如果他们觉得没有味道，就应该往土壤里加盐！但即使这样，约瑟夫还是觉得不够过瘾。当他置身于经卷中间，如果感觉到疲乏，就会脱光衣服，因为他说，如果他不赤身裸体，别人就不会看到、相信并感觉到他拥有一副身体；一旦他光着身子，就会摇响一只小铃铛，让宫廷里的所有人都跟他一样赤身裸体、一丝不挂地进进出出！女士们、先生们！臣仆们、士兵们！裁缝们、请愿者们！因此，他的结局可以想象！在他统治了七年之后，在一个起风的夜晚，按照基督教的历法，在1066年12月30日，愤怒的摩尔人冲进了宫殿。格拉纳达城陷入火海。约瑟夫沿着一条长廊试图逃跑，但是被暴动者追上了，就在那个窗帘燃烧、寒风呼啸的冬夜里，他们一言不发地杀死了约瑟夫。逃难者带走了他的两个孩子。按照上帝的命令，苦难的一轮从这两个孩子开始。他们是一对双胞胎。一个女孩和一个男孩，长得非常丑陋。他们的身体又肥又胖，脸蛋就像两只烤过了的、滚到炉子底下且已经发霉的苹果。经过六年的流浪，他们到达了法国西北部的鲁昂，在那里，一个心地善良、年迈的犹太盲人收留了他们。'你最后一次照镜子是什么时候，小莎莉？''可能是在十年前，那还是在宫廷里偶然看到的。''那么你呢，小西蒙？''今天，当我在湖里钓鱼时偶然看见了自己。我长得太可怕了。为什么你这么美丽？''因为你爱我，小西蒙！同样，因为我也爱你，所以你对我来说并不可怕，甚至恰恰相反！'肯定是全能的上帝这样安排的，他们不必躲避盲人的目光。他们靠乞讨为生，坐在教堂的台阶上，每个人都会向他们施舍，因为他们的相貌是如此丑陋，以至于健康的人看到他们的模样，心里会打一个冷战。当他们独处时，会疯狂而贪婪地相互拥抱、捏掐、抓挠。他们就像两个怪物一样，但你不要忘了，他们也是你的祖先！他们想将自己融为一体！生病的身体得到了人类本能的健康引导。男孩让女孩怀上了身孕。他们尽可能不出声地默默做爱，并生下了孩子，但是新生儿的啼哭声被盲人听到了。许多犹太人冲进了乞丐家。他们将双胞胎赶走，却把新生儿留在了那里。双胞胎还没有离开鲁昂，这个既可怜又无耻的产妇就在城墙下发起了高烧，而她的丈夫，这个与自己的血亲发生性关系的男人，将自己绑在了一棵大树上。本杰明，那个新生儿得到了这样的名字，他确实接受了割礼，但究竟是男是女，还是让人很难判断。孩子天生驼背，长到青春期时，全身没有体毛。他自己也不知道自己的性别。当他独处的时候，他有能力拥抱自己，解决自己的欲望，充满爱意地吻自己的手，他就这样自得其乐：想来我是一个与众不同的人！因为在别人的身体里分别存在的东西在我的身体里是共存的！在半梦半醒中，他这样幻想：如果我能够生下自己的孩子，那会多么幸福啊！如果上帝不伸出援助之手，如果他不以如此可怕的事作为代价提供帮助，那么这一切早就已经结束了，那么我的曾祖父就不可能在匈牙利东北部的沙托劳尔尧乌伊海伊向他的孙子讲述那些家族故事了，我的祖父也不可能在塞雷尼的黑桑树下将这些故事讲给我听，而我更不可能在此时此地再将这些事情告诉你。天色已经昏暗下来。就在那一刻，朦胧的暮色尚未向黑夜投降，那还需要等很久。从街上传来水牛低沉的脚步声。附近的树林雾气弥漫，山峦消失在这迷雾中。景色很美，沉郁寂静。本杰明在黎明时分被派往莱茵河西岸的沃尔姆斯。他身上带着一封信，绕开了城市和村庄，饿着肚子，在树下睡了好几个月。"尽管爷爷不让我看他，但我还是忍不住要看他。他闭上了眼睛，那么轻声地讲述这个故事，我猜他可能自己都听不到。我隐约听到，有什么东西发出咔吧咔吧的脆响，我不知道那是什么，但是就在爷爷讲到本杰明时，我突然弄明白了，那是房顶上的瓦片被烤得很热后开始冷却的声音。"'我，约希勒，上帝的仆人，作为鲁昂的拉比，我侍奉我们的天父，我们的主，我在这里向你们问好！祝你们平安，我的兄弟们！我知道你们还没有得到消息，就在今年春天，天主教会在克莱芒举行了一次会议，天主教首领乌尔巴诺二世宣布要发动一场征伐。他们的目的是重新夺回我们祖先的家园，他们将那里称作圣墓。我们经过仔细权衡之后决定，由他们招募军队，我们捐助钱财。但是全能的上帝改变了他的旨意，将矛头转向了我们，那些用我们的捐款购买的武器首先杀死的并不是远方的穆斯林，而是我们。我们被杀得尸骨成山。现在他们已经聚集在鲁昂的周围，贵族骑士们大声叫嚣，索要更多钱款。我们要知道，我们给钱就是在签署自己的死刑判决。我们还不知道自己犯了什么罪，主竟以这种方式惩罚我们。我想，我智慧的热尔松，您是沃尔姆斯的拉比，一个死人正在给你写这封信。因此，我们请求你们慎重思考，守斋，祈祷吧！'这就是本杰明带给沃尔姆斯人的信。这位名叫热尔松的犹太拉比共有十四个孩子，其中也有一个驼背的女儿。看来我们的女儿等待的就是这个本杰明！拉比心想，并且许诺会给他们丰厚的嫁妆。钱财让本杰明兴奋不已，但是他也担心一旦结婚，性别的秘密就会被揭开。然而，这是一个情欲旺盛的女孩，甚至在婚礼之前，她就百般努力，最终使本杰明体内的那个男人排除了各种怀疑与担忧，成功胜出。新生儿出世的第二天，根据本杰明儿子后来的回忆，在那一年的5月18日，十字军攻破了犹太城区。女人们带着孩子纷纷逃离。听到士兵们杀来的消息，本杰明感到头脑混乱，不知所措；他穿上了女装。他的身体被凶残的骑士们剁成碎块，大地吸干了他的鲜血，饥饿的野猫争抢着吃净了他身上的肉。驼背的母亲和健康的新生儿——他名叫大卫——乘船渡过了英吉利海峡。我们在英格兰东部的诺里奇生活了十五年。我们这些此前始终认为自己是德国人的阿什肯纳兹犹太人，就这样变成了英国人。在那里，在诺里奇，有一个当时还是处男的小伙计，他跟主人的妻子发生了罪恶的关系，但是他的主人实际上也在戏弄他。这个男孩名叫威廉。在复活节的夜晚，威廉被发现死在了诺里奇的树林里。犹太人之所以会杀了他，为的是在逾越节将他的血混入无酵饼中。人们将他的尸体抬到犹太会堂前，伤口裂开，鲜血从他的心脏里汩汩喷出。诺里奇的犹太街区被付之一炬，就跟四十四年后在约克发生的情况一样。当时，大卫已经跟他的孩子们一起住在约克城中，其中有一个男孩，看上去长得很像他的祖父，不仅驼背，还是侏儒和瞎子，就连名字也跟他祖父的一样。据说，在复活节这天，当然不早不晚，偏偏就在这时，在约克，当游行队伍途经犹太人聚集的街道时，一位犹太老妇人——就像她平时习惯的那样——将夜壶里的秽物泼出窗外，正好浇到了基督徒们抬着的圣母像上。犹太人逃进主教的城堡，善良仁慈的主教站在墙边，试图说服全副武装的愤怒人群，恳求他们：以耶稣的名义停下来！然而，一支箭射进他张开的嘴巴，并从他的颈后射出。当犹太人看到已经无路可逃，整个约克城都在被抛进来的沥青和火麻中熊熊燃烧时，他们将大卫的儿子驼背的小本杰明放进了一只篮筐里。假如我们不得不灭亡，那么关于我们命运的讯息至少应该有人能够传递出去！这句话是那样简洁又厚重，以至于后代中，有人选择它作为座右铭。"爷爷将这句话反复跟我说了好几遍，直到我学会，之后我也可以脱口而出。"假如我们不得不灭亡，那么关于我们命运的讯息至少应该有人能够传递出去！注意听我讲！他们想要活下去！不管怎么样，都要活着！这话不是我祖父说的，他不可能知道这个，我再补充一句：仿佛活着的耻辱能够拯救我们免于死亡！随之而来的是狡

184

黠的时代。感性和理性都彻底退化了，只剩下了纯粹的生存欲望。本杰明辗转流浪了两年，最后到达位于德国中部的爱尔福特。在这里，他将约克城族人托付他要传递出去的讯息告诉了当地人，但是他一无所有，两手空空。会众闻知这一消息，都感到难过，他们应该帮助这个唯一幸存的人，于是，他们委托本杰明看管墓地，而且提前发给他两年的薪水，这可是一笔可观的财富，他们说：你可以用这些钱做点什么能谋生的买卖。本杰明为死者净身，挖墓穴，后来结婚成家，省吃俭用。他唯一的孩子降生了，一个个头很大的金发男孩，以吵吵嚷嚷出名，酗酒，赌博，还给自己找了一个基督徒情人。当时到处鼠疫肆虐。据说犹太人为了报复而污染了井水。本杰明为那些皮肤溃烂、紫斑、化脓的犹太死者清理尸体，很快也染上了传染病。直到昏迷之前，他才对自己那个爱得难以言表的金发儿子说：'一切都会跟从前一样！一切都会以其他的形式重复，就像我跟你说过的那样。我知道！几天之后，爱尔福特也将被焚毁，就像在曾经的岁月里那样燃烧，在我们祖先时代的加的斯、科尔多瓦、格拉纳达、鲁昂、沃尔姆斯、诺里奇和约克，一切都将烧成废墟！但现在我们只讲约克城的事，那是我们离开的地方！当我们无法继续守住城堡时，犹太人将他们仅存的钱财放到一起，堆成一堆。他们跟我说：这些都是死者的钱，虽然我们现在还活着，但是已经跟死了差不多，既然你是我们中间最机灵的人，那就请你将这些遗产转交给活人，并请他们祈祷。于是，我带着钱财逃到了爱尔福特。这些钱我一直没有给你，现在我要交给你。我并没有违背诺言，想来现在你也还活着。但我已经没有时间告诉你我的冒险经历了。在墓地后面有一棵孤独的橡树，这个你知道。你找一天晚上，在离树干三步远的北边，挖一个两英尺深的土坑，就会找到我从约克带来的一切。你，我亲爱的孩子！我在临终前的病床上大声警告你：不要再喝葡萄酒了，别再喝醉！别再喝了！带着这些钱财去维也纳，去找海内尔，他会给你提供很好的建议。现在让我祝福你吧。'我父亲哭了，而我感到很羞愧，因为我的眼睛始终干涩，没有眼泪，因为我知道，如果现在放弃我的享乐，那会很虚伪。'在维也纳，在海内尔家门前，站着一个仆人。'去，快去告诉你的主人，爱尔福特的门德尔·雅各布想跟他说话，本杰明的儿子。'海内尔站着接待了门德尔·雅各布。他问雅各布总共带来了多少资本，准备用多少来投资做生意，雅各布说愿意投进自己一半的财产。但是这一半财产具体是多少，他从来没有透露过，甚至就连自己的儿子，他都没有告诉过，因此，没有人能把这个信息讲给后人。海内尔在心里将数额乘以三，咂了咂嘴表示赞许，他知道，如果他将自己的儿子送去布达，他会挣来这个数额的四倍，门德尔不会比他的儿子更富有。海内尔啧啧咂了两下舌头，然后慈父般地将手放到了雅各布的肩头，眼圈变得湿润：'我很同情你，我的孩子，因为你是一个孤儿！我也有一个跟你年龄相仿的儿子，我无法想象，如果他永远地失去了我，他会哭成什么样子！哦，你这个可怜的孩子！但是你不要留在维也纳！维也纳很小，而且这里的生意全都掌握在我的手中。而你的资金跟我的相比，实在少得可笑，说老实话，还不抵九牛一毛。但是，我建议你去布达。匈牙利国王刚刚对那里的犹太人做了一次人口普查，并为犹太人提供了黄金般的自由！黄金般的自由意味着机遇！俗话说，以金换金！我儿子也要搬到那里，你跟他一起去吧！做他的朋友，当他的兄弟。'

从那时候开始，战斗的时代取代了狡黠的时代。在布达，或许我们应该这样说：狡黠穿上了战斗的铠甲？根据基督教的纪年方法，那是 1254 年。我们并不能准确地知道到底发生了什么以及是如何发生的，这些都是商业秘密。总之，几年之后，像是摇身一变，门德尔一家转瞬成了布达的富豪。他们身材魁梧，金发碧眼，相貌刚硬。他们建造了自己的府邸和一座很大的犹太教堂。教堂周围的那些街道到处都在施工建设，有的地方是神职人员居住和活动的中心，有的则是金融家、典当行老板和商人们的聚集地。许多法国人、德国人、意大利人和一些匈牙利人，也通过贷款建造了漂亮的家宅。雅各布之后是所罗门。所罗门的儿子是犹大。犹大的儿子是约瑟夫。他们都很长寿。约瑟夫在年老时，在一个安静的午后，叫来自己儿子的儿子，让他坐在身边。他们望着河面上咔嚓碰撞的大块浮冰，老人给孙子讲述了这个故事：'在一个阳光明媚的星期日，马伽什国王[1]来到了布达。走在他身边的是他年轻的妻子，那不勒斯的贝亚特丽切。我们就像其他的绅士那样，也骑在马背上拜见他们，但是分别拜见。在仪仗队中，有三十一名身穿节日盛装的犹太骑手。走在最前面的是你父亲，他骑着一

[1] 指马伽什一世（1443—1490），匈牙利 – 克罗地亚国王（1458—1490）、波希米亚国王（1469—1490）、奥地利大公（1486—1490）。

匹白色骏马，用小号吹响一支旋律动听的乐曲。随后是
十位骑着黑色骏马的年轻人，腰上系着银制腰带，每条
腰带的扣带都非常大，大得可以装下一只沉甸甸的奖
杯。他们的腰侧佩有长剑，剑鞘是银制的，剑柄上镶嵌
着黄金和宝石。我骑马跟在他们的后面，身穿灰色、朴
素的节日服装。我是这样计划的：我穿一件最为简朴的
西服外套，因为我是犹太人的首领；头戴一顶天鹅绒做
衬里的尖顶帽，作为对国王的提醒——在外国，犹太人
要戴这样一顶帽子是屈辱的标志，但是这顶帽子是由我
的金匠用银饰装点的，他的才华不亚于我们家族里的那
位鲁弗斯；在我的身侧，在纯净的剑鞘内，插着我佩剑
中最漂亮的一把。跟在我身后的是我的两名随行人员，
他们也骑着高头大马；在他俩的帽子上有一根白色的鸵
鸟羽毛微微飘摆，他们穿着同样款式的棕色盛装。他们
在丝绸制成的伞帐下庄重地捧着摩西的律法。随后是两
名全副武装的士兵。跟在队伍最后的是手捧礼物的仆
人，我将把这些礼物进献给王后。光彩夺目的国王夫妇
在宫殿庭院的一口井边停下。在这里，伴随着犹大吹响
的动听号声，我进献给他们两个面包、一顶插有鸵鸟羽
毛的漂亮帽子、两头活的高大麋鹿和两只被捆绑起来的

狍子、八只孔雀，以及多条装饰精美且价值不菲的头巾，准确地说，共十二条。之后，两名仆人拎来了最重要的礼物：一只银线编织的篮子，篮子里装着足足二十磅的纯银锭。'跟在犹大之后的是雅各布，就是这个雅各布的祖父约瑟夫，后来在一个冬夜里给他讲述了这个故事。在雅各布身后，跟着另外一个雅各布；之后是犹大——犹太行政官。他的权力由门德尔·以色列继承，之后是门德尔·伊萨克，但在伊萨克生活的时期，土耳其人已经打到了莫哈奇[1]。消息是在晚上传到的，战斗失败，王后丧偶，所有长了腿的人都逃跑了，1526 年 8 月 30 日。他们一起坐在议事厅内，就在那一天的深夜，老伊萨克也将死在这里，他说：'有很多事情我们都能理解，至今为止的所有时代都在我们的血液里，我们的本能是逃避，即使这样，我还是建议我们留下来，土耳其人很聪明，我们也不是傻瓜。'伊萨克的儿子摩西，将布达的钥匙放在一个棉垫上，呈送到苏莱曼一世近前。

---

[1] 莫哈奇是位于匈牙利南部、多瑙河右岸的一座小城，1526 年 8 月 29 日，在这里发生了历史上著名的莫哈奇战役。匈牙利国王拉约什二世率领的王国军队在这里与苏莱曼一世率领的奥斯曼土耳其军队交战，但由于军力悬殊，匈牙利最终溃败，国王在逃跑中从马上跌下，落河身亡。莫哈奇战役成为匈牙利王国没落的历史转折点。

伊萨克的主意救了我们。但是在9月的一天，苏丹召他们进宫。他们一进大殿，就看到他坐在一个平台上，他刚打猎回来，脸被寒风吹得通红，手捻长髯，他们随后像往常一样跪到地上，聆听他讲话，苏丹说：'我亲爱的朋友！我还是让这个国家听天由命吧，我没有做的事情，两个愚蠢的对手会去完成；这里连一根草都不会留下，这个国家明天就会变成这样，不用我费吹灰之力，就会成为我的。我亲爱的朋友，我引用一句土耳其谚语，一个剑鞘里不能装两把剑，一个山洞不能容两头狮子！我希望你们能够明白，在两把剑和两头狮子之间，你们的命运将会怎样？你们跟我走吧，话说回来，无论如何我都不会允许你们留在这里，我尊重生活的甜蜜，也尊重金钱，只要它们为我碰响，为我旋转，你们明白我的意思吗？那样我们都能开心！'门德尔·摩西引用了一句犹太人谚语回答说：'人一旦知道别人想为他做什么，就会自杀！我希望陛下您也能明白，我们只是代表而已。'帕夏听了，恨得咬牙切齿。门德尔·摩西的脑袋被砍了下来。犹太人都挤进了船舱，沿着多瑙河顺流而下。他们的房子遭到洗劫，被纵火焚烧，但摩西的小儿子还是秘密地、作为乞丐留在了布达。另一个年长些的儿子，正在君士坦丁堡学习土耳其语。因此，你不要因为自己在梦中说土耳其语而感到惊讶。兄弟俩相距遥远，只能隔空长叹。当苏丹亲兵放火烧毁了他们的犹太教堂，君士坦丁堡也变成一片火海时，摩西的儿子亚伯拉罕回到了布达。兄弟俩终于久别重逢。另外，许多犹太人也从其他地方前往布达。亚伯拉罕的儿子格外聪颖，他的财产虽不算多，但对他来说也足够了。在他儿子盖尔松的商店里，出售的物品都来自远东。他的儿子丹，则因身体强壮而远近知名。一百年过去，又经历了漫长无尽的一轮。帝国军队前来解救布达，但是丹站在了土耳其人一边勇敢地战斗，当时他喊出了我的座右铭：让我们为拯救自己而死！战斗与毁灭是亲戚。毁灭是战斗的失败，没有谁比我更理解这一点。因为毁灭的一轮是属于我的。那你的呢？也许你已经迁到了别的地方？这一点我们还没有办法确定。9月2日，布达被焚毁，老人、妇女和婴儿逃去避难的犹太教堂也被焚毁，墙壁坍塌。又是一个差一点就要结束的时刻。但我还是可以继续下去！不要问我为什么。现在，紧接着发生了奇迹！跟随帝国军队来了一个人，这个人就跟在战斗中牺牲并成为英雄的丹一样勇敢善战。他的名字叫亚历山大·西蒙！这名字听着是不是很熟？对，没错！正是他！他是当鲁弗斯动身去罗马时留在耶路撒冷的那个兄弟的后裔，朝着两个方向坎坷延续的家族终于在这里相遇了。因为死去的丹有一个美貌的女儿，名叫艾丝特。女孩穿着正在燃烧的衣服从犹太教堂里冲出来，美丽的黑发被火烧焦。亚历山大用他强壮的手臂扑灭了女孩衣服上的火。并且，亚历山大·西蒙花钱从皇帝那里赎回了一百四十名幸存的犹太人。这支战败的队伍步行到达捷克东部的尼科尔斯堡，但是对亚历山大和艾丝特来说，这是他们的婚礼大游行。如果他们被从尼科尔斯堡赶走，这条路就通往布拉格。当他们的孩子被迫逃离布拉格时，则可以重新踏上匈牙利的土地，他们的名字又将是西蒙。克塞格是他们的故乡，在匈牙利西部，然后在佩斯待一段时间，接下来是宁静的和平的时代。故事的第六轮。佩斯之后是考绍，然后是沙托劳尔尧乌伊海伊。这里住着西蒙·亚伯拉罕，就连年轻的革命家科苏特·拉约什[1]也曾经拜访过这位神奇的拉比，因为我的

---

[1] Kossuth Lajos（1802—1894），1848年革命的领导者，在匈牙利宣布脱离奥地利帝国独立后，科苏特成为国家元首，后遭遇叛变，被迫流亡海外。

祖父会给每个人提供明智的建议。后来，我的祖父就搬到了这里，搬到塞雷尼。那时候，我的父亲已经出生了。从那时到现在，这栋房子始终都是这样，这棵树也在长，不知能够长到多高，就是这棵黑桑树。这就是我们家族的故事。自从耶路撒冷毁灭以来，无尽的轮回已经进行了六轮。第七轮将发生什么？这我不知道。和平之后，也许是幸福，终于有可能轮到幸福。也许，这将是你的生活，在经历了这么多不幸之后，这将是上帝赐予的一份大礼。与此同时，随着我们的好战，财富也逐渐失去，但剩下的这些也足够了，只要我们不被饿死，始终还活着，并且能继续活下去。不管发生什么，我还是觉得自己挺富有的：我不仅拥有那些岁月——现在已经属于你了！——还有上帝，这个我以为已经失去但后来重又找回的上帝。这些岁月，现在，在这里，我可以把它给你了。但是，以后你必须自己去赢得上帝的心，如果你想，如果你能。"说到这里，我的爷爷陷入了沉默。这时候，红彤彤的月亮已经从山顶升起，感觉好像我要跟它一起升起来。他还不知道，在我的体内，最终的毁灭正在来临。这也会是你的吗？我不知道。我奶奶从窗口探出头来，看到长庚星已经明亮闪烁，我们可以吃饭了。她冲我们喊道："嘿！""咱们可以走了，"爷爷说，"如果还漏了些什么，还有后来的事情，等下次再讲。"随后，一家人坐下来吃晚饭。

"哎，来喽！"爷爷大声叫道，随手将鱼扔到了桌上。"嘿，你们瞧啊！你们可以想象一下：它也可以是一个人。人和鱼的区别仅仅在于，人有的时候会进行猜测：接下来会在自己身上发生什么？当然，没有人能知道鱼会不会也猜测什么。周围还有这么多空气，它却几乎无法呼吸。我不明白这是怎么回事。"爷爷说。奶奶将一把肉锤递到爷爷手里，让他用锤子把鱼杀死。"但是，老伴，你要小心一点！别把案板凿裂了！"爷爷笑了起来。鱼拼命挣扎，嘴和鳃一张一合。"你听说过女人有多仁慈吗？她们从来不亲手杀生。噢，因为她们拥有脆弱的灵魂！但是她们有足够的力量鼓动暴力，对吗？一条生命在我的手中毁灭，而她呢？她却担心她的案板！"爷爷把鱼攥在手里，鱼挣绷起来，从他的手里滑脱。奶奶捂住了眼睛。爷爷抡锤猛击。"小心你的手，小心你的手，老伴！"我看到了，她透过手指缝偷看。鱼头啪叽一声裂开，但它还活着，打挺，甩尾，滑溜溜的黏液将厨房的案板弄得脏乎乎的。"再凿一下就结束了。很遗憾，我们用的气力有点小！糟糕，它的眼珠子碎了。这样会影响鱼汤的味道。因为如果把鱼眼睛也煮到汤里，味道会更好。""我要用它做锅鱼汤吗？""如果它肚子里有鱼子或鱼精，你就把鱼头和鱼尾也加进去，只是别忘了割掉它的苦牙，鱼鳃后边的那个扁牙！你可以做一锅很好喝的酸鱼汤。""剩下的部分我做成炸鱼。""你也可以裹上掺红椒粉的白面用油煎。今天我的大便挺正常的。那好，现在我们再最后凿一次它的脑袋！"爷爷举起肉锤，抡了下去。这条鱼已经不再挣扎，只是轻轻地拍打着尾巴。"在我们眼前躺着一具死尸。鲤鱼，学名 ciprinus carpio，而人的学名是 homo sapiens。在我们给它开膛破肚之前，首先来观察一下它的外观。鱼很腥。它的外形为功能而生，他活在他的空间里。只是，我不知道，生活在水里的第一条鱼是什么样的，难道不是这样的鱼吗？难道真的只是慢慢地适应并进化来的？莫非当上帝创造出无生命的水时，也立即创造出能够与之相应的生命，像鱼一样的鱼？我的女主人，请递给我们一把好刀，一把锋利的尖刀！正如你看到的这样，鱼的身体是长形的，属于脊椎动物，它的脊椎非常细；它的肚子是它生命活动进行的地方，这里最鼓。这是鳃页，它呼吸的地方。它的血，如你所见，是红色的，像人的血一样，但是鱼的血不是热的，而是冷的。它的皮肤上覆盖着鳞片，一层压一层，从下至上，就像屋顶的瓦片。如果我们要从屋顶上拆除瓦片，必须从上边揭，从屋脊开始往下拆。我们要将非常锋利的刀刃放在这里，从它的尾部开始，在瓦片下面，你看，这样从下往上，就可以轻而易举地刮掉。对你来说的手和脚，对它来说就是鱼鳍。它用尾鳍和两个胸鳍在水中划动，向前推自己，而在它的背上，在这根硬刺的后边，是一条长长的像披风一样的背鳍，它的作用是控制游动的方向。但是，如果鱼想在水里沉下去或浮上来，那该怎么办？用它的腹鳍。就用这个，在这里。你可以看到，它身体上的每个部分都各具功能，安排得十分合理。这到底是谁安排的？或说是什么决定的？发生在什么时候？我不知道！另外，还需要知道的是，与我们以为的情况相反，鱼的听力非常好；虽然它不像人类一样长有外耳，想来它也不需要捕获那么响亮和轻柔的声音，因此它的听觉范围没有那么广。由于它特定的生存世界，决定了它不需那么机敏。它用嘴、触须和分布在体侧的神经感受触觉。鱼有嗅觉。这里是它的鼻腔。它的嘴里有黏膜，这有助于味觉。鱼的视力肯定也不错，这对它来说很重要。一条鱼，是通过鱼眼看鱼的世界，这一点我们是没有能力做到的。你可以想象一下，假如你来世成为一条鱼，将会感到多么不适。总要在水里睁着眼睛看，不分白天、黑夜。鱼没有眼皮，无法闭上眼睛，只能永远睁着。也许正因如此，鱼是那么智慧。它不会发出声音，这也许是它们长寿的原因。有一条一百五十岁的鲤鱼，住在柏林的夏洛滕贝格，今年它给弗里杰什写了一封信，说它始终还活得好好的。等会儿他来时，你可以问问他，他的鱼朋友都给他写了些什么！它也许能活到两百岁。好，现在让我们剖开它的肚子看看吧！尽管，对我来说这是一件多么不舒服的事，但我都得从它的屁股这里下手！""老伴！你又在胡说些什么?!"奶奶在一旁抱怨。"这个小洞是它肠道的末端，鱼从这里排便。如果我们将刀尖从这里插进去，就可以很容易地破开鱼腹。而这块骨头，在皮下将两个胸鳍连在一起，所以解剖起来有一点困难。但是没有关系！刀很锋利！我们长驱直入，一直剖到头部。现在我们要砍掉它的脑袋。我们先把鱼头放到一边，等一会儿我们再单独研究。遗憾的是，我们已经可以看到，它的肚子里既没有鱼子，也没有鱼精。鱼汤的计划破产了！但你可以把手伸进去摸摸！不用害怕！你的直系祖先就是鱼，就跟你奶奶和我一样，因为我们在各自母亲的子宫里时，有好几个星期是一条鱼，在黑暗的海底。你感觉到了吗？它肚子里的东西，跟你肚子里的也很像。现在你把手拿出来。里面的东西，一定要非常小心地拽出来，因为，万一弄破了鱼胆，里边的胆汁流出来，就会让鱼肉变得很苦，你看，这个墨绿色的，对，就是这个！我们用刀尖小心地把它剥开，然后就能放心地查看剩下的部分。这是它的肝脏，这是它的肠道，这是它的心脏，这是它的胃。肾脏连着泄殖腔的开口；鱼从那里拉屎撒尿。现在，我们请求你的奶奶别再抱怨了，还是递给我们一只碗吧，碗里盛些水。现在我们可以取下它的头了。这个最柔软的部位，就像我们的脖子，从这个部位很容易切断。谢谢。它的身体会一直游到不能再游为止！现在，你敲一敲它的头顶！很硬，是吧？里面是个空腔，空腔里是脑子。鱼脑不大，但就它的生存方式而言，正好够用。让我们小心地取下鳃页，你会看到，它的下面非常美丽。不过，这有点难。这些紫红色的鳃弓！你不能生活在水里，你在水里没有办法呼吸；而它一上岸，便会憋死。我会跟你解释这是怎么回事。水里有氧气，空气里也有。鱼用嘴喝水，水从这些紫色的鳃页之间流过，而血液就在鳃页里循环流淌。血液从水里吸收氧气，然后通过血流将氧气送抵心脏。这颗心脏！它由两部分组成，一个叫中庭，另一个叫心室。血液因摄取了氧气而变新鲜，然后由心脏做泵，将含氧丰富的新鲜血液输送到全身。鱼，以鱼的方式活着，不断地游啊游啊，这会消耗新鲜血液中的氧，变得不再新鲜后通过静脉返回心脏，心脏将不含氧的静脉血重新输送到鳃页之间，这时候鳃盖打开！血里的废气，我们只能换一个名字叫没有氧的空气，从这里排进水里。现在，我们开始进行残忍的操作。肢解它。但如果你把这个鱼鳔放到太阳下晒干，然后用力一击，它会啪的一声爆裂。给你。拿去吧。你晒它的工夫，奶奶就会把鱼做好。"我来到花园里。阳光灿烂。狗躺在自己的屋里，张着嘴巴睡着了。我蹲在它面前，把鱼鳔放到它的鼻子底下，狗猛地抬头，睁开眼睛。它想叼鱼鳔，但是我拿着鱼鳔撒腿跑开，狗追着我跑，盯着我的手团团转，蹿来蹦去。我跑到院子门口，将鱼鳔塞进信箱里，狗没办法取出鱼鳔，自然也无法吃到。信箱里没信，是空的。两只白色的菜蝶飞过来，互相追逐，上下翻飞，我追着这对蝴蝶跑，想看看它们是否也会像苍蝇那样做。狗追着我跑。蝴蝶消失在灌木丛上空的蓝色里。窸窣的声响。小伊娃坐在灌木丛里，假装哭泣。我捡起一枚石子，向狗掷去，赶它走开；狗缩回了尾巴，朝远处跑了，但是它一边跑一边不停地回头看。它回头看时，我又向它掷了一枚石子。"哎哟，我的丈夫死了！我该怎么办？他为什么要离开我？"我知道，现在她在扮演妈妈，加博尔扮演爸爸，而我只能再次当孩子。"哎哟，哎哟，我的上帝啊！他死了以后，谁来给他做饭？""他的情妇会给他做！""那里没有情妇！""他根本没死！他就在露台上！"小伊娃把手从眼睛上移开。"你来这里做什么？有人叫你来吗？蠢货！"我拿出鱼鳔给她看，但她推了我一把，鱼鳔从我手里掉了出去，她一把抓住，扭身钻进灌木丛中的天然隧道，朝他们家的花园跑去。但是我抓住了她的腿，不让她把鱼鳔带走。"那是我的！"我拽住她的一条腿，但是她用另一条腿踢我。我也哭了，但是我的注意力很快就被灌木丛中的光影游戏吸引住。奶奶大声叫我。我们正在吃鱼，门厅里响起了电话铃声。奶奶立刻跑过去接，但我们听不到她在跟谁说话。她叫爷爷过去。我继续吃鱼。爷爷说，吃鱼时要特别小心鱼刺。奶奶曾经跟我讲过，有一次在她父母家中，那时她父亲还没有从车上摔下来被马踩死，那是一个星期五，他们正在吃鱼，她突然看到她父亲的脸色变得紫青，仿佛生命脱离了躯体，憋得无法呼吸，只是坐在那里。所有人都大惊失色地叫嚷起来。这时候，她突然想起有人告诉过她，泽尔德·贝拉告诉过她，万一有谁被鱼刺卡住了，必须拍打他的后背，让他咳嗽，这样一来，鱼刺要么下到胃里去，要么从喉咙里吐出来。于是，她用力拍打她父亲的背，鱼刺果真吐了出来，随后他们继续吃鱼。可是当一家人吃完饭后，我的曾外祖母站起来扇了我奶奶一个耳光，大声训斥："你怎么敢动手打你爸爸？"我听了大笑，因为在我的眼前浮现出奶奶被扇耳光的画面。爷爷冲我大声吼道："有什么好笑的？你知不知道，你笑的时候你在做什么？你知道笑意味着什么吗？""我不知道。""你看，你不知道吧！笑，是生命最大的秘密之一。"但我白等了半天，他们没有回来。我已经不再吃鱼了，房子里很安静。爷爷的椅子还立在那里，跟刚才被猛地移开时一样。但是前厅里听不到任何响动。奶奶的盘子上横着一根长长的鱼脊骨，一半还挂着一些鱼肉，在盘子的边缘有她吐出的鱼刺。我穿过几个房间，看到爷爷坐在沙发椅里，奶奶躺在床上。我仔细看她是否还有呼吸。现在我可以把糖从她的枕头下面偷出来了。糖粘在了纸袋里，必须把纸吐出来。男人站在门口。"贝拉！过来！贝拉！赶快过来！这里真有一个死人！"声音越来越近，地板咯吱作响。我在家里有一把放大镜。"奶奶带回来一条鱼。""衣服不用洗，因为明天一早我就要走。""爸爸，那我可以跟你一起睡吗？""你看，我差点忘了！快把我的裤子给我。你看！如果你拿着它放在阳光下，它会收集阳光，把纸点燃。明天你可以试一下。"外面起风了，刚才还可以看到阳光。珍珠般的蜡珠顺着蜡烛的一侧流下，发出咝咝的响声。"你如果用它看什么东西，就几乎能看见最微小的细节。你看！你的皮肤上有小小的山脉和山谷。"爷爷坐在沙发椅里。如果我跟着他一起呼吸，会发生什么我不知道的事情。不。这是什么？从窗户那边传来的嗡嗡声。如果我用我的放大镜查看。一只苍蝇粘在了蜘蛛网上。它想逃脱，而蜘蛛就在蛛网的边缘。这是苍蝇发出的嗡嗡声。它的腿被困在蛛网里，徒劳地拼命扇动翅膀。爷爷坐在扶手椅里。我有一把放大镜，我想用它试一试，看看能杀死一只蜘蛛还是一只苍蝇。下午。爷爷将两只手夹在膝盖之间睡着了。他张着嘴，假牙放在桌子上。我竖起耳朵听他的呼吸，我注意到，如果这样跟他一起坐很长的时间，我也可以像他那样缓慢地吸气和呼气。奶奶在楼上大声叫道："老伴！老伴！马上过来！老伴！"爷爷闭上嘴巴，瞅了我一眼，微微一笑："怎么了？发生了什么事情？我的牙！"奶奶继续大声喊他。房门全都敞着，这样空气可以对流。"老伴！老伴！快点过来！费里在说话！刚刚报出他的名字！老伴！"奶奶在楼上激动地大喊，收音机里传出讲话的声音。爷爷站在楼梯下，扶着栏杆，我跑上楼梯中间的位置。"老伴！老伴！这是费里！费里在广播里说话！"奶奶跑回房间，将收音机的音量调大，让站在楼下的爷爷也能听到。"我要提醒你，你必须如实作证。你必须为将要提供的证词发誓。如果做伪证，法律将会严惩不贷。听明白了没有？""听明白了。""你听，这是他！""请你告诉我们，你到底是在哪里、怎样、在什么样的情况下发现被告人与美国特勤局间谍亨利·邦德伦会面的？另外，请你告诉我们，你在组织这次会面中扮演了什么角色？""如果我没记错的话，今年7月13日或14日，我接到舒豪伊道·帕尔团长的命令，作为边防团的反间谍军官，在一个适当的地方……""你听啊，老伴！这是费里的声音！你听！""请你告诉我们事情的来龙去脉，必须详细讲述！""是的。就在前面我提到的那个时间，舒豪伊道·帕尔上校将我叫到他的办公室，并跟我说了下面的话：'有一位政府高级官员与南斯拉夫的一位政府高官通过外交途径约定了一次秘密会面，他了解南斯拉夫与匈牙利关系恶化的内幕！我不能透露更多的内容，我们的任务是要保证这次会面在绝对秘密的情况下进行……'""你听！费里！这是费里！""安静！你不要说话！"爷爷低声喝道。"他说：'这项任务的技术操作我委托你来策划，下午五点钟你在适当的地点向我汇报，我将立即转告总政组的负责同志。'他跟我说的大概就是这些。随后我就着手办理，下午五点钟之前，我向他报告说，在距离捷凯涅什村[1]三公里半的地

---

[1] Gyékényes，位于匈牙利西南边境的一个小村庄，属绍莫吉州管辖，现与克罗地亚接壤，冷战期间为南斯拉夫边境。

方，就在紧靠边境的地方，有一栋无人居住的建筑，周围是一片槐树林。当地人称它为布切尔农场。我向舒豪伊道报告说，如果需要的话，我可以在夜里布置一下农场。""接下来发生了什么？""虽然我早就对上校产生过怀疑，但是对这件事没有理由怀疑，因为他提到了总政组的同志，而对于后者，当时我没有抱丝毫的怀疑。""我提醒你，你要回答的问题是：接下来发生了什么？不要做评论，只讲事实。""是。之后上校让我离开他的房间，让我在秘书处等着。我能说的只是，他通过专线与布达佩斯直接通话，谈话大约持续了二十分钟。""证人是如何知道舒豪伊道通过专线与布达佩斯直接通话的？""在那里，在秘书处，我在跟女秘书聊天的时候，看到女秘书办公桌上的交换机设备显示出是哪条线路在忙。谁都知道，用这条线路只能是与布达佩斯通话。""好。请你继续讲下去。""之后，上校把我叫回到他的房间，告诉我说，由于情况紧迫，我必须立即采取行动，去农舍打扫卫生并稍做布置，因为会面很可能将在二十四小时之内举行。总政组负责同志要求我们做一些简单、必备的基本布置。他指示我们从军需处搞一张绿色绒布桌面的会议桌，如果他们没有，就从别的地方找一张，还有椅子。如果墙壁太脏，就把它刷白。我问，是否需要一些装饰物。他回答说，不需要，但是无论如何都需要有厕所。""您还得到了什么别的指示？""我接到指示，布置工作完成后，相关人员必须立即离开现场，撤到夏季营地。在那里，相关人员将在完全隔离的情况下，接受近乎惩罚性的纪律训练。上校后来笑了起来，他说这是个非常棒的主意，因为他们至少可以忘掉他们的母亲是谁。""我提醒证人，必须如实供述。根据警方的听审记录，上校之所以发笑，是因为这是证人的主意。""是的。很抱歉。这是我的主意，而上校批准了。""继续说。""我得到的指示是，在接下来的几个小时里必须确保这个区域是安全的，而负责安全保卫的这个连是无法看到会面现场的，执行任务的人员不可能知道在现场执行的到底是什么任务。他委托我指挥这个连。不管是谁，只有能及时说出口令的人，才能通过警戒圈。我也不能待在警戒圈内。另外，他还说过，回头他会来亲自检查。随后他要我立即开始工作，刻不容缓，我都照做了。而且，我向他递交了一份关于所有细节的报告。不仅是这一件事。正如我之前提到过的，舒豪伊道的活动，从年初开始就已经引起了我的怀疑。在特定情况下，这种匆促异常的组织速度会让人感到可疑，另外，据我所知，一场非常重要的政府会谈通常不会在这类地方举行。如果需要进行这类会谈，双方政府可以通过其设在中立国的外交使团更简便、更容易地组织落实。这整件事让我觉得可疑的主要原因是，如果在这里举行的会谈真的是像舒豪伊道跟我说的那样，那么，考虑到目前政治紧张的局势，他应该当着我的面打电话，让我听到他谈话的内容，以避免自己受到怀疑。身为一名反间谍军官，这也在我的职权范畴之内，就连内务部长也特意这样叮嘱过我，在必要情况下，我可以监视团长的行踪。于是，我派遣五排的一名战士隐藏在农场的阁楼里，吩咐他将所听到的每一个字都速记下来，然后将记录交给我，在我没去找他之前，无论发生什么，他都必须留在那里。这名战士很适合担负这项任务，我认为他是可靠的人选，因为他在政治上成熟，而且是一位出色的速记员。”"这名战士叫什么名字？”"他叫克罗日瓦利·托马什。”"他姓氏的最后一个字母是 i，还是 y？”"我记得，是 i。”"法庭会在适当的时间审问克罗日瓦利·托马什。请你继续讲下去。”"会面是在 7 月 15 日夜里举行的。我本人并不在警戒圈内，所以我只知

210

道在十一点半，从捷凯涅什村方向驶来了一辆黑色汽车，停在通向农场的路上，那时候车灯已经熄灭了。有人打开车门，将口令告诉了站在道路两边的士兵。那是一个漆黑的夜晚，我们只使用一盏信号灯在农场里照明，好让来人能够根据灯光辨别方向。""什么样的灯？""我们在门廊的尽头点了一盏煤油灯。""据你所知，亨利·邦德伦是在哪个地点以怎样的方式跨过边境的？""我不清楚。关于这方面的情况我不知道。只是有人向我报告，来了两个男人，说出了口令，之后进了屋子。""那你现在再说一下，第二天发生了什么事情。""第二天，托马什告诉我，监听记录很不完整，因为他不得不在完全黑暗的阁楼上工作，尽管一切都能听得很清楚。撤掉警戒圈后，我开车去接托马什，警卫连战士们立刻动身前往夏季营地。克罗日瓦利·托马什同志在车里告诉我，陌生人讲的是英语，双方通过翻译进行交谈。我悄悄把克罗日瓦利带到我的办公室，他在那里花了几个小时，把记录下来的内容打了出来。""这份资料有多少页？""十五页，而且确实很不完整。""你读过吗？""是的。我读过。""主要内容是什么？""其中一项内容是，对于南斯拉夫方面下达的命令，他必须像接到来自中央情报局的命令一样予以执行。但记录中最令人震惊的部分是刺杀拉科西[1]和格罗[2]同志的计划。""别再往下说了！记录已经交给了法院。请你告诉我们，你接下来做了什么。""有那么几个小时，我感到很无助，因为我不知道要以什么理由去布达佩斯。我想都不敢想打电话联系，因为现在事实证明，直线电话也已被间谍组织掌握。但一个偶然的巧合帮助了我。我收到母亲发来的电报，说我八十四岁的父亲在那天夜里去世了，她要我立即赶回家。由于这封电报，舒豪伊道同意让我前往布达佩斯。甚至，我注意到他为此感到高兴。到了布达佩斯，我立即直奔党委总部，将材料交给了行政厅的负责人。我请求他立即采取措施，将驻扎在克卢日－纳波卡的那名国防军预备役人员从军营里撤出，因为除了我之外，他是唯一的知情者，阴谋家们可能通过他提前获知计划已经败露的消息。他当即采取行动，半个小时后说，内务部门出于安全考虑，已经逮捕了克罗日瓦

---

[1] Rákosi Mátyás（1892—1971），匈牙利人民共和国1945—1956年期间的实际最高领导人，匈牙利共产党中央委员会总书记，有"匈牙利的斯大林"之称。

[2] Gerö Ernö（1898—1980），匈牙利政治家，曾任匈共中央政治局委员、匈牙利劳动人民党中央第一书记、部长会议第一副主席。

利，并且已经在押送途中了。之后我就回家了，在家待命。""人民法官还有什么问题要问证人吗？人民检察官先生？辩护人？被告，你有什么意见吗？""我没有意见。""请把被告带走。法院将在短暂的休庭之后继续审理。"奶奶从房间里出来了。爷爷松开了一直紧攥着的栏杆，我则摽着栏杆往楼上爬。奶奶顺着楼梯下来，我跟在她身后。"他为什么要说这样的话？他根本连家都没有回！老伴！为什么？你为什么不回答？老伴，你倒是说句话呀！他为什么要说这样的话？他说你死了，可你还活着呢！老伴！""是我弄错了吗？"楼上的收音机接着播放其他的节目，然后是音乐。奶奶紧紧抓住爷爷的手。"老伴！""是我弄错了吗？""老伴，你为什么这么说？你跟我说点什么，求你了，我实在受不了了！老伴！""是我弄错了吗？"爷爷转身朝他们的房间走去，但看上去却像是他在前头领着奶奶。拐杖扔在我房间的地板上。他踢了一脚拐杖，拐杖滑到了墙根。爷爷坐在沙发椅里。他将双手紧紧夹在膝盖之间，睡着了。他张着嘴，呼吸声是那么大，好像喉咙里堵了什么东西。我非常小心，努力不去听他的呼吸，不要让自己也睡着。奶奶招呼我们，说她已经做好了午饭，爷爷醒了，吧唧了两下嘴。他拿起放在窗台上的假牙，然后放进嘴里，调整好位置。"是的。我想是这样的。""你在说什么？老伴！""是我弄错了吗？"不管怎样，爷爷还是出来吃晚饭了。晚饭时他也没有说话，直到他站起来后，才瞅了奶奶一眼："告诉我，老伴！""告诉你什么？我亲爱的，你说！""是我弄错了吗？""弄错了什么？你指什么事情？你为什么不说出来？""是的。我想是这样的。是我弄错了吗？"门关上了，床铺发出咯吱的声响，但是无论奶奶怎么问爷爷，都是白费气力。后来，房门下的缝隙变暗了。窗户开着，我踢开被子。"这是蟋蟀吗？""不是，儿子，很遗憾，这是秋蝉。"我蹑手蹑脚，为了不让脚下的地板发出咯吱声。在那个房间里，我打开电灯，然后小心翼翼地拉开柜门。柜子里散发着浓重的薰衣草味。薰衣草放在白色的麻布袋里，摆在高处的架子上。我竖起耳朵，听奶奶会不会过来。我听到一声咯吱，迅速关上灯和柜门。但只有老屋自身偶尔发出的咯吱声。在最下面一层有一只小盒子，我不知道里面装了什么。我将盒子抽出来，结果其他的盒子都倒了。我又吃了一惊，屏息静气，但寂静中只有我一个人听到盒子的哗啦声。盒子里装的是一件绿色的天鹅绒连衣裙，

214

上半身是丝绸的并罩了层薄纱。我脱下睡衣，光着身子站在那里。将绿色连衣裙套到身上，裙子特别长。我心里盘算，要将这条裙子送给小伊娃。我很害怕，担心奶奶万一过来，我没有时间把它放回到盒子里，如果她问半夜三更我在这里做什么，我会说，因为我还没有刷牙。浴室的架子上放着一把剪刀。我用剪刀在绿裙子的衬里内剪开了一个秘密的口袋，从里面取出几枚灰色的圆币。我拿给小伊娃和加博尔看，骗他们说这些都是黄金，是我们的祖先偷偷留给我们的，但为了不让任何人知道，他们特意把黄金染成灰色。加博尔不肯相信。他将圆币在牙齿上敲了敲，说它是铅，可以融化。谁能让圆币从门口滚到长沙发下面，就算谁赢了。这时候房门开了，他们的母亲赤身裸体地从房间里穿过。她在另一个房间里打开了收音机，又是那个声音在讲话。她穿上了那件丝绸睡袍；小伊娃曾经穿着这件睡袍出丑耍怪，当然是在她妈妈晚上出去演出的时候。她看着镜子里的自己，同时听着收音机里在说什么。加博尔不小心用手里的剑刺破了长沙发。这时候她穿着睡袍回来了，坐在那个沙发上。她看着圆币在地上滚动。我回到家时，看到爷爷正坐在沙发椅里。他向我伸出手来，我走过去，拥抱了他。我以很近的距离看到他的眼睛。"是我弄错了吗？死亡神话是最持久的神话！你也这么认为吗？是的。是我弄错了吗？"他穿着一件冬季的外套站在房间中央。但我知道，我对这个房间并不熟悉。有人叫喊。"如果你用刀割破手指会痛对吗？我就要这样刺痛你，像刀子一样！"我跳了起来向他跑去，他却走开了。"会痛的！"突然间，他出现在这里，离得特别近。他的眼睛。我搂着他的脖子，我觉得，如果我哭，会让他觉得更好受些。但是当我将脸贴到他的脸上时，感觉到他满脸的胡茬，因为他每隔一天才刮一次胡须，而且，他刚刚到家，衣服还没有被奶奶洗过。我又坐了起来，意识到我只是在做梦。这是我的床。或许，这也是我梦到的。这是我的房间，窗前的黑色树影，我父亲并没站在房间中央。有什么让人感觉到奇怪。爷爷的呼吸不像平时那样。门下的那条缝隙是黑暗的。为什么他的呼吸这样响？但是并没有呼吸。仿佛有什么东西堵在他的嗓子里，那东西想要挣脱出来，但是有什么力量阻止了它。从那里发出很响的冒泡声。我仍在门外偷听。我看到，黑暗中毯子下的身体在动。"爷爷！"他没有回应，只能听到我叫出的"爷爷！"。奶奶在轻声喘息，但我看不见她躺的那张床，因为那里实在太黑了。"奶奶!"但是她也没有回应。爷爷的嘴张着。"奶奶!""怎么了? 出什么事了? 你想做什么?""奶奶!"爷爷每喘一次气，都伴随一声呼哨。"老伴! 怎么了? 老伴!"爷爷没有回应，他的嘴张着，我看到他的眼睛也睁着，在盯着什么。"老伴! 回答我! 老伴! 你怎么了? 说话呀! 我亲爱的! 回答我! 我的心肝! 你怎么了? 上帝啊! 快叫医生! 这是怎么回事! 我的主啊! 马上叫医生! 你怎么了? 为什么这样?"奶奶在黑暗中跑来跑去，我也跟在她的身后。我们在房间里跑来跑去。家具的棱角是遥远的疼痛。"老伴，你不舒服吗? 我亲爱的! 你哪里疼? 哎哟，我得赶快穿衣服! 去叫医生! 我马上打电话! 给弗里杰什! 哎哟，上帝啊! 弗里杰什，弗里杰什，为什么不接电话，弗里杰什! 我的天哪! 老伴! 必须打电话!"爷爷喘气和呼哨声的频率现在已变得越来越快。灯突然亮了，我下意识地用手挡住眼睛。奶奶从房间里冲了出去。在他的体内，在他的胸腔里，好像有什么液体在晃动，发出这样的声响。他的嘴张着，眼睛直直地盯着前方，他攥紧毛毯，压在胸前。随后他闭上了嘴巴，但有什么东西从他的嘴缝里挤了出来，鲜血顺着他两边的嘴角滴淌下来，我在他脸上看到了紫斑。我将一条浴巾弄湿，同时心里想，冷敷可能会管用，如果我把湿毛巾搭到他的额头上，说不定他就能够获救。但是电话始终打不通。奶奶从衣柜里随手揿出一件衣服。她用一块毛巾擦净爷爷两边的嘴角，现在他的嘴闭上了，由于冷敷的功效，他看上去变得很平静，躺在那里一动不动。"你不要离开他，一分钟都不要离开！我去找药！"奶奶叮嘱我说，随后又冲出了房间。她很快回来，试图将抢救心脏的药剂滴进爷爷的嘴里，但是药水顺着他的嘴角流了出来。"一分钟都不要离开他！"我很想握住他的手，但是我不敢。爷爷的手指张开，摊放在身体两侧，头周围的枕套被浸湿，头发和额头也是湿的。大门的撞击声。爷爷又睁开了眼睛，像在寻找什么，嘴也张开，像是要说话。然后便保持着这副样子。奶奶回来时，我跑进我的房间，站到窗口边。她现在正从十字架前跑过，那段路是一个陡坡，对她来说有些吃力。大门再次发出撞击声，她肯定在十字架前停留了一会儿，然后转身回来，可能因为忘了什么事情。奶奶用一块黑纱巾罩上了镜子。爷爷的眼睛已经无法合上，还有他的下巴，无论她怎么试图把它绑上，下巴总是会掉下来。当屋外的天光开始发亮，她放下了卷帘窗，房间里重又暗了下来。一根蜡烛在爷爷头部的上方燃烧着，哒哒作响。奶奶要我留在那里，她要去教堂安排葬礼的事宜。爷爷始终那样躺在床上。他没有注意到，有一只苍蝇想要爬进他的眼睛。必须把它赶走！他的嘴如同一个黑洞，是那么深、那么黑，我想，爷爷的身体可能是空的。墓地里，风吹着一簇火苗，呼呼燃烧，如同燃着的巨大蜡烛。棺材在一个很深的土坑里消失，一锹锹的泥土落到棺盖上，发出空空的声响，仿佛爷爷并不在里面，仿佛棺材里是空的。当我们从墓地回到家时，发现花园的大门敞开着，房子的大门和房子里所有房间的门也全都敞开着，透过敞开的房门，我们看到爷爷坐在沙发椅里。奶奶抓住门把手。但是，我看到的并不是爷爷，而是穿着爷爷睡袍的爸爸。他睡着了。奶奶坐下。爸爸醒了，我们远远地看着对方。"你怎么回来了？"奶奶轻声问道。"我已经不在那里工作了。你们从邮局给我发电报时，我已经不在那里了。他们将电报转到我的新单位，所以过了两天我才收到。"他说。奶奶起身去到她的房间。他也站了起来。"你做了什么？"奶奶问。"什么做了什么？"他问。"把你身上的衣服脱下来。离

开我们的房间。"奶奶说。他出去了。整整一天，谁都没
有说话。我到外边去看那片在不刮风时也会动的树叶。
即使现在，我也不知道它为什么会动。晚上，当我们躺
下睡觉时，他穿过我的房间去到奶奶那里。我想偷听他
们说话，但是声音实在太小。我躲回房间，因为爸爸从
奶奶的卧室里出来了。他在我的床边停下。"你想要我
给你讲个什么故事吗？""不！我不想听！"他在我的床
边坐下，然后搂住我的头，放到他的大腿上。我已经想
让他给我讲故事了，如果他开始讲的话，但是这样保持
沉默也挺不错的；奇怪的是，他的呼吸不像爷爷那么
响，尽管他是他的儿子。"爷爷给我讲过祖先的故事，
但是关于他的爸爸，也就是你的爷爷，对吧，他从来没
有给我讲过他的事……""我的爷爷？你想让我讲讲他
是吗？好的，那我给你讲。可是我该讲些什么呢？那就
从这里讲起吧。那时候，我们家还住在霍尔德大街，楼
上整个一层都是我们的，那是一套非常非常大的公寓。
我很怕他。他是一个小个子，留着唇须和胡子。但是我
还有一个叔叔，他是我爷爷的弟弟。他也跟我们住在那
里，因为他是一个单身汉，从来没有结过婚。我们叫他
埃尔诺叔叔。我更喜欢埃尔诺叔叔，胜过喜欢我爷爷。

午餐在一张大餐桌上进行。爷爷坐在长桌的一头，埃尔诺叔叔坐在另一头。他们在午餐时总是大喊大叫；进行陈腐的政治辩论，因为在很久以前，在我出生之前，他们上午经常坐在国会里，站在不同的政治立场上进行激烈地辩论，因为他们其中一个，我的爷爷，是蒂萨的支持者，而埃尔诺叔叔追随的则是科苏特。那个时候，在很久以前，据说他们俩分别乘车回家，但即使这样，他们还是会争吵。午饭后，他俩全都叫嚷够了，爷爷便去午睡，而埃尔诺叔叔则抽着烟斗，给我讲各种稀奇古怪的事。我记得有一次，他告诉我他在巴黎有一个情人，一个跳康康舞的女郎，我已经忘记了她的名字。他总是在夜总会门前等这个女人，他们一起上车，一起去逛几个地方，然后回到酒店，回到住处。之后，在那里，埃尔诺叔叔欣赏她的专场表演。这个女人在某个领域里大名鼎鼎。你知道康康舞是什么样的舞吗？"他放开我的脑袋，站了起来，哼着曲子，高高地踢腿。之后他气喘吁吁地停下来。"就这么跳！非常棒！嗯，这个女人在这方面十分有名，她不仅能把腿抬到最高，而且在抬腿时，还能跟随节奏，踩着每一个节拍发出令人兴奋的咚咚声。"起先，我并没有听懂他说的话。他一下子将我扑倒在床上。我们抱在一起，笑作一团。同时我心想：女人抬腿，同时在做那种事。就这样，他一边将身体压在我身上，相互交叉，一边哈哈大笑，但是后来他突然止住了，不再继续笑下去。之后他站了起来，离开了房间。早上醒来，我梦到他的脸是那样光滑，而且他的皮肤有着跟我一样的气味。但是当我突然醒来的那一刻，并不清楚自己是不是在做梦。我走进了花园。夜里下过雨。树下落了很多桃子。奶奶整天都躺在床上。只要她躺下，就不会感到头晕或头痛。她把糖塞在枕头底下，但是并不经常给我。如果我说我饿了，她会在一片面包上涂满猪油或芥末酱给我。我走出屋子，在花园里吃东西。夜里，我突然惊醒，看到奶奶站在窗前。爷爷去世之后，奶奶不喜欢我们浪费电，晚上总是把灯关掉。她坐到我的床边。我叫她给我讲盖诺伊娃的故事，她早就答应过我。"这本书的封面上有一个大天使，看上去正准备飞到天上，这个天使就是盖诺伊娃，当我们剥玉米或在冬季无事可做时，我父亲喜欢我朗读这个传说。故事是这样开始的，在很久很久以前，有一位美貌惊人的姑娘，她实在太美了，世界上还从没有人见到过她那样的美人。她的头发是金色的，而且长度过腰，跑的时候，金发随风飘舞，但是这个姑娘很穷，她的父母也已经老了。后来，她年迈的父母去世了，可怜的女孩变得孤苦伶仃。有一次，一位年轻公爵骑马穿过那片山林。盖诺伊娃正在林中砍柴，为了晚上能够给自己煮一点汤喝。就这样，公爵在林中遇到了盖诺伊娃，并且对她一见钟情。他答应女孩，他会娶她，要女孩跟他一起走。但是盖诺伊娃不肯，因为她说这不可能，一个拥有富贵荣华的年轻公爵不可能当一个穷女孩的丈夫。公爵很恼火，决定强行带走她。盖诺伊娃还没有回到家，公爵就派来了心腹将她掠走。他们把她带到一座美丽的宫殿，让她在洒满玫瑰花瓣的水中沐浴，给她穿上丝绸和天鹅绒的衣裳，又用钻石装饰她金色的秀发。就这样，她被带到了公爵跟前。'盖诺伊娃，现在你相信我爱你了吗？'年轻公爵问道。但是盖诺伊娃回答说，她怎么可能相信？！只有公爵跟她一起回到她的茅草屋居住，晚餐时一起吃洋葱汤，白天一起下地耕作，那样她才可能相信。公爵二话不说，立即跟她回家去了。但是，他在那里没能忍受太久。壁炉的浓烟刺痛了他敏感的眼睛，洋葱的味道将他的鼻子刺激得酸痛，他的手掌连木犁的扶柄都握不住。有一天，老公爵听说了年轻公爵如何因为爱情而变得日渐消瘦。他派了几个蒙面心腹将盖诺伊娃关进了监狱。老公爵高兴地将儿子搂到怀里。他告诉儿子，盖诺伊娃已经被一伙匪徒绑架了，现在除了娶娇弱的伯爵夫人为妻，他没有其他选择。事情就这样发生了，盖诺伊娃在牢房里生下了她的孩子，一个男婴。一天夜里，当狱卒发出如雷的鼾声时，盖诺伊娃逃跑了。她躲进了森林，靠吃野苹果、野莓和生蘑菇充饥，并找到了一个可以居住的山洞。母子俩就这样活了下来，小男孩也慢慢长大了。盖诺伊娃的金色长发是他们共用的被子，他们身下的绿色苔藓就是床。但是有一天，盖诺伊娃身染重病。她病得很重，以至于躺在地上不能动弹。这时候，一场暴雨从天泻下。一个马鹿家族跑进洞里躲雨，哺乳期的母鹿听到山洞里传出婴儿的啼哭声，它走了过去，出于本能给孩子喂奶。从那之后，他们生活在了一起，盖诺伊娃、鹿家族和小男孩组成了一个大家庭。直到有一天，山林的寂静被人类的噪声搅乱了，还有各种动物。狗汪汪叫着跑来，马群发出嘶鸣。鹿家族惊惶出逃。善良的母鹿在山洞口倒在了年轻公爵的枪口下。母鹿发出痛苦的哀号，一个小男孩大声哭泣着循着哀号声从山洞里爬出来。猎手们十分惊讶。这时候，年轻公爵从马上纵身跳下，走进了山洞。在那里他找到了盖诺伊娃，天使们刚好引领着她的灵魂离开尘世，飞向天堂。不管年轻公爵如何哭泣都于事无补，盖诺伊娃的灵魂已经升天，只跟他说了这样一句话：'你要把他抚养大！这个小男孩是你的儿子！'这是她说的最后一句话。当我读到这里时，我们所有人都难过地哭了。我们是从神父那里得到这本书的。我父亲哭了，他当然哭了。现在我要告诉你我的秘密。你睡着了吗？"

它来自我的身后。它有很多很多，因为它到处飘浮、流动，充满了一切；黑色、柔软、无形，它来自我的身后。它就这样向前推着我的脑袋。它已经无处不在。身体。而且它就这样推着我的脑袋，使我的头无法动弹。我睁开了眼睛。这柔软、无形的东西逃跑了，逃了回去，回到我的身后。我的床。但它就在这里，在我的床铺周围。即使我认定这是自己梦到的场景也无济于事，它就在这里，等在我的脑后。我闭上了眼睛，这样就不会再看到我的床，也不会再看到这个房间。它围着我的脑袋轻轻飘浮。黑色的。我将脸紧紧贴在枕头上。我无法动弹。它滴淌进来，在我的眼皮下流动。我连忙坐起，将这柔软的黑色物质推了回去。这是我的床。它又围着我的脑袋飘浮，等在我的脑后，但是只要我不闭上眼睛，它就不能飘进来。窗外月亮皎洁，将黑色的树影投进了房间。我起床想要去看一看，看看它是否会在花园里。树影下，白色大丽花盛开，仿佛说着什么。在黑暗中闪闪发光的白色。门是开着的。奶奶没有站在窗前。爷爷的床是空的。从我所在的这个位置看不见奶奶的床，因为房间的那个角落漆黑一片。我蹑手蹑脚地走到她的床边，想要看看她是否还在睡觉。地板发出轻轻的咯吱声。"你是谁？"奶奶在黑暗中问。"是我。"我应道。"不要开灯！"奶奶在黑暗中小声提醒，听起来仿佛是从比床铺更远的地方传来。"你有什么不舒服吗，奶奶？你生病了吗，奶奶？"她的头在枕头上动了一下，将脸转向我说："是有一点不舒服，但只是一点点。"她的手在被子上轻轻挪动，但是并没有抬起来伸向我。我俯下身子仔细打量她。"你回去吧，我的宝贝！睡觉去吧！"我在床头柜上摸索着，试图寻找台灯的开关，我的手碰到了玻璃杯，我以为玻璃杯里有爷爷的假牙。"不要，不要开灯！我不想让你看到。很丑陋。"但我还是摸到了电灯开关。玻璃杯里只有水。现在我彻底清醒了，知道此时此刻我在自己拥有的现实生活里，清楚地知道自己身处何地。我的爷爷已经死了。我的奶奶正在望着我。我没有看到任何丑陋的东西。她好像因为什么感到惊诧，眼睛睁得更大，正盯着我看。我安静地等待，感觉她想问我什么，但是最终还是没有开口。黑暗里只能看到我睡衣上的条纹。不过她并没有直视我的眼睛，而是看着我的脖颈，我下意识地摸了摸自己的脖子，不知道那里有什么好看的。这时候，奶奶的脸上现出一丝笑意，好像在笑我怎么这样傻，怎么连这个都不知道，但是她的视线并没有移动，只有嘴唇周围的皱纹出现了微妙的变化，好像她又在微笑。"奶奶！"我说。奶奶看着我，没有回应。她的嘴慢慢张开，我看到她并没有笑。一声尖叫，随后一片寂静。但是我身后并没有人。然而就在这时，发生了什么。我听到，寂静来自她的体内。但是寂静无法一下子全都喷涌出来，只是涓涓不断地从她的体内持续往外流。我就站在这片从她身体里流淌出的寂静里。但这并不是她全部的寂静，因为寂静还继续从她体里流出。我无法让它流淌得更快，它不可能倾泻如开闸的洪水。"现在要让他闭上眼睛，绑上他的下巴。因为他的身体马上就会变凉。"这就是爷爷死时，奶奶说过的话！她的眼睛好像睁得更大了，但其实不然，只是在我看来是这样。实际上她还跟刚才一样。我试着帮她合上眼皮，就像当时她试着让爷爷闭上眼睛那样。我用手指将她的眼皮按住，想让她的眼睛也能跟爷爷的那样闭上。灯光照着她牙齿后的舌膛，可以看到，奶奶的嘴里并不像当时爷爷嘴里那么空洞。头巾就在椅子上。这块头巾是奶奶在家里用的，她出门的时候经常会戴一顶帽子，因为她的头发几乎全掉光了。我的手感觉到她的皮肤还是温热的。不过，她的嘴还是没能闭紧，稍微露出了一部分牙齿，于是，我又用手指调整了一下她的嘴巴，或许这就是她刚才所指的"丑陋"。我关上了台灯。黑暗中，我坐在爷爷的那把沙发椅里。在我呆坐了很久之后，房间渐渐亮了一些，因为皎洁的月光透过窗户投照进来，这时候，我看见了奶奶一动不动，我的眼睛已经适应了黑暗。我很想哭，却哭不出来，因为我下意识地仍在等待某些无法预见的事情发生。这时候，我突然想起奶奶曾经跟我说过的一件事，她说在家里住着一条白色的壁洞蛇，每当家里有人死去，白蛇就会从洞穴里爬出来。但我知道，那只是一个传说而已，可我还是不由自主地缩起腿来，害怕万一这话是真的。醒来时，我以为只是一场噩梦，但是我坐在沙发椅里，屋外天光已亮，能听到喊喳的鸟鸣！我坐在沙发椅里，感觉很冷，奶奶躺在那里，头巾是我系在她头顶上的，当时系得很及时。我好像听到她说，她所有的寂静都流出去了，现在里头什么都没有了。也许是我犯的错，因为这条头巾！我不该给她系这条头巾，除非她已经死了！我解开头巾，她的嘴没再张开，保持着刚才那个样子。即使这样，她也不活着了。清晨，我听到收垃圾的马夫来了。一匹马拉着马车，车夫走到马的旁边，摇着铃铛，招呼居民们出来倒垃圾。我从窗口向外张望。垃圾车没有在我们家门前停下，因为车夫看到没有人出来。随后，我又回到奶奶身边，她仍躺在那里，我哭了，因为我不知道该怎么办。我揉了揉眼睛，心想，这一切可能只是我的想象。但是奶奶始终一动不动地躺在床上。我出门到街上，看看有没有人朝这边过来。如果垃圾车明天再来，我会告诉他的。也许我可以告诉商店里的那个女售货员，就是那个总将头发染成金色的女人，不过奶奶并不喜欢她。如果我去学校，那也没用，因为现在学校里还没有人。也许我可以去教堂找那个曾经在神父展示圣体时瞅过我一眼的男人，我在商店里也见过他，当时他走到柜台后安慰了那个金发女人。可我不能这样穿着睡衣出门，而且也不能把奶奶一个人丢在家里。我到厨房里将一口盛满水的平底锅放到火上加热。在碗橱最上边的架子上有面粉、粗粒麦粉、面包屑和白糖，但我没有找到黑色粉末，只找到了一支蜡烛和一根包在纸里的香肠。奶奶总是把香肠藏起来。我在奶奶头部的上方点燃了一根蜡烛，并且放下卷帘窗，但是我够不到梳妆台上方的镜子，蒙在上面的头巾滑落下来。厨房里，沸水冒着热腾腾的蒸汽。起初我只切了一小段香肠，但是很快就吃完了，于是又切了一段。当我想再切一小段时，刀子一滑，割到了手指。你可以看到伤口里露出的肉。这时鲜血从里面冒了出来，顺着手指往下流，而且滴到了盘子上。我将手高高举起，从椅子上站起来，去了浴室。我并没有摔倒，只是觉得头在旋转，门开了，方格地砖向我坍塌下来。黑色的，白色的。跟厨房里的地砖一模一样。灰色，感觉很柔软。再也听不到咆哮声了。非常冷。我像是被带到了某个地方，一切都在晃动，我身穿白衣，这是在哪里？到了某个地方。汽车在大门外停下，但是没有一个人下车，引擎也没有熄灭。第二天，垃圾车并没有来。我想挖一个坑，但是下雨了。有三个人从车里钻出来。我把狗也埋在了那里。其中一名男子留在了门外。另外两个男人穿过小路两旁的玫瑰丛走过来。也许他们不会带走我。他们想按门铃，但是我先开了门。"小弟弟，家里除了你，还有人吗？""有我奶奶！我奶奶死了！""这很不幸！那你家里还有别人吗？""没有了。只有我。"所有的屋门都敞开着。他叫我站到镜子前。我站到了镜子前，他也留在门厅里，靠在门上。我心里暗想，这很有趣，现在他不仅能从前面看到我，而且还能透过镜子看到我的背影。另一个人走了进去。现在，他朝我的房间走去。走进敞开的屋门。他站在我奶奶的房间里。"贝拉！快点过来！""怎么了？""贝拉！赶快！这里还真有一个死人！"他们叫我待在这里，不要害怕，他们马上就回来。然而他们并没有回来，而是来了另外两个黑衣人将奶奶抬走了。他们叫我留在这里，说很快就会有人回来接我，并问家里有没有什么我能吃的东西。我不敢请求他们将这事告诉我父亲，因为我知道这样不行。但是，第二天没有人来。我将垃圾放到了门外，如果垃圾车来了，可以将它拿走。清晨，垃圾车来了，跟往常一样拿走了垃圾。我从奶奶的枕头下掏出糖果。糖果已经粘成了一坨，粘在纸袋上。我把糖放进嘴里慢慢地含化，将粘在糖上的纸吐掉。我咬的时候，香甜的糖馅被挤了出来，沾满了我的舌头。黑色身影在窗户前急匆匆地闪过。他们还不知道，栅栏的缝隙很大，足以让他们将脑袋伸进来。我在夜里突然惊醒，听到有人在敲窗户。我以为会来很多人，但是只有一个，却不是他。我小心翼翼地起身下床，在走到门厅之前，地板都没发出咯吱的声响。来人按响了门铃，但我站在门后没有动。如果按门铃，那就肯定不是他，因为他只会敲窗户。如果我站在这里一动不动，这个人等一会儿就会离开，因为他会认为我已经被人带去了某个地方，那样我就可以偷偷留在家里，等着有一天他回来。门铃又响了，铃声对房子很不利。我感觉自己已经受不了了，但还是无法打开门。我在镜子里看到自己的身影，好像我站在自己的身后。"是爸爸吗？"我用很轻的声音问，如果真的是他，他刚好可以听见。门铃又响了。我还是认为会是他。"爸爸，是你吗？""开门，小弟弟！我是来接你的！所以！请把门打开，不要害怕！"来人催我快点穿好衣服，因为我们要去沃什州的米库什德普斯塔[1]，之后他还得马上赶回来。在我穿衣服时，他打开

---

[1] Mikosdpusztára，位于匈牙利西部，历史上曾为米库什男爵的家族领地，建有一座家族庄园。

了家里所有的灯，我注意到，他并没有偷东西。"还有楼上？""对。""楼上有房间吗？""有。""有几个房间？""两个。"我穿上我的旧凉鞋，虽然新凉鞋是橡胶底的，而且这双旧鞋很紧，但我还是穿上了它。来的人说，我不需要携带任何东西，因为那里已经为我准备好了所需要的一切。但我还是想带一点东西。在他关灯之前，我将一块鹅卵石塞进了口袋。这块鹅卵石是我在院子里找到的，当时我准备挖一个坑将奶奶埋葬。要能带走放大镜就好了，可惜已经没有时间找它了。来人锁上了屋门，却没有把钥匙还给我。"花园的大门没有钥匙吗？"他问。"有钥匙，挂在屋里的钉子上！"我回答说。"哦，算了，没有关系，反正明天他们就会来这里。"我不敢问他明天谁会来。这是一辆很大的黑色轿车。来人叫我坐到后座上。车窗挂有窗帘。我想把窗帘拉到一边，但是男人阻止我说不要动它。车开得很快。他没有跟我说话。我感到很冷，我们要是能够回去取毛衣就好了。我听着音乐睡着了。他时不时点燃一支香烟。收音机里有一个小灯一直亮着。我从来没有坐过开得这么快的车。国家公路上空空荡荡。我看到了正在冉冉升起的旭日。这种感觉很奇特，我为我们能够如此疾驰而兴奋不已，但是我又不得不跟他说："我要撒尿。"但他并没有生气。我下了车，面前是一片广阔无垠的田野，晨风吹拂，我还是感到冷，不过太阳已经把我照得暖和些了。田野上有很多鸟，我知道是云雀！遍地开着红艳艳的罂粟花。如果我现在开始跑，他肯定无法追上我，因为轿车不能在田野上开，我可以跑到某个地方。但是山峦很远，在田野的对面。也许那些山就是爷爷曾给我讲过的。过了一会儿，他说，我们马上就要到目的地了。我们开进了一片树林，这里重又变得清凉，当我们从林子里穿出来时，我看到山顶上有一座庄园，下面有一片不小的湖泊，一条小溪流入湖中。汽车隆隆作响地从桥上驶过，停在了一扇铁门前。两个孩子跑出来打开了铁门，我们慢慢地拐了几道弯，终于来到庄园前。车轮下的石子路咯吱作响。从这里可以看到湖面。庄园前站着另一个男人，为我打开了车门。在他的脖子上挂着一只哨子。"我马上就得赶回去。"送我来的那个人说。"您不想吃了早餐再走吗？""不吃了。我必须在中午前赶回去。谢谢。"等我的男人掐住我的后脖颈。轿车很快消失在了密林里。我们沿着宽阔的台阶往上走。男人仍掐着我的脖子。我们穿过一条长长的走廊，他打开一扇门，叫我等在这里，他马上就会回来找我，然后关上了房门。我听着他咚咚的脚步声，他去的并不是我们来时的方向，而是继续往前走。这是一个很大的房间。阳光透过窗户和白色的窗帘照进来。房间里摆着双层床铺。黑白格地砖，就跟我们家厨房和浴室里铺的一样。我站在门口，不敢往里走，然而我很想看看窗外。那么安静，仿佛屋里并没有人。在房间的一侧，靠近窗户有五张床，在对面的那侧也有五张床，都是白色的铁床。房门对面摆了一张桌子和两把椅子，桌子上铺着白色的桌布，托盘里有一只盛满水的水罐和两只玻璃杯。我屏息静气，想要听到什么，但是没有任何响动。我朝桌前走去，注意到在床铺之间的小柜子上有几个圆孔，每个柜门上都有五个小孔。窗户全都开着，白色的窗帘不时被风吹起；风吹拂窗帘，影子也随之在地砖上移动。两把椅子整齐地摆在桌子两侧。我没有坐下。好像从下边，从离这里较远的某个地方传来锅盆磕碰的声响。这是早餐时间。我闻到一些奇怪的味道。透过窗户，我看到庄园前砾石铺成的广场，刚才我就是在那里下的车，从高处俯瞰十分有趣。湖面上有一只白天鹅正朝桥的方向游去。但我不能再继续眺望，因为听到有人来了。门把手并没有动。只是从楼下，从某个地方，从远处传来的叮当声。我在地砖上迈步，注意只踩白色的方砖。我的鞋尖有时会滑到黑色的方砖上，然而规则是：我只能踩白色的方砖。当我走到厨房门口转身时，规则变了，这时候我只能踩黑色的方砖回到桌前。玻璃杯是干的。我想往杯子里倒一点水，但是倒偏了，弄湿了桌布。我身后的门开了，然而我并没有听到脚步声。来人穿的是一双蓝色运动鞋。这是一个身材高挑的男孩。他没有说话，只是看着我。他低下了头。阳光正好投在他身上。他有一头金色的卷发，几缕垂在额头上，熠熠闪光。他抓住了门把手，然后把门关上。他低声说："你是西蒙·彼得吧？"他问我的时候，头懒洋洋地向后一仰，头发从额头落向两侧，他又认真地看着我；他的头发仍在额头上熠熠闪光。"是。"我说。他的额头很高，凸起而光滑，我很希望他能马上走到我的跟前。但是他站在门口，轻声招呼我说："跟我来。"我抬脚向他走去。方砖在我的脚下向后滑动，一会儿黑，一会儿白，混乱无序；这样也挺好，但我还是感到有些不安，因为我的脚没有按照规则踩在黑色或白色的方砖上。不知道为什么，我感觉自己有一点怕他。"嘿！快点来啊！"他又低

238

下了头，金发垂在他的额前。就在刚才，我已经闻到了他的气味。蓝色运动鞋上有一些灰点，那是泥污。我想要看到他的眼睛。就在这时，他将我搂进怀里。他胳膊赤裸，两只手在我的背后紧扣在一起。我也拥抱着他，我们俩就这样定在了那里。他的胸脯上出了很多汗，背心几乎都湿透了，但这样也很好，我不想离开这里。我搂住他的腰，坚硬的骨头碰在一起，他的大腿很温暖，我的脸感觉到在他汗津津的背心下肋骨的线条，我不想离开这里，我闭上了眼睛，想要更好地感受他。他抱紧了我。他的声音从我脑后传来。"不要害怕！现在我们要去见一下校长，但这不会有任何问题。不要害怕。好不好？永远不要害怕任何事情。好吗？永远都别怕！什么都不要怕！"他松开了手，但我还是想继续紧紧地抱着他，因为这样我就可以把脸埋进黑暗里。"走吧！"男孩仔细地抚摸着我的脸，结实的手掌，我不得不睁开眼睛。"咱们走吧。"我们并排走在一条走廊里，我没有看他，但是我看到并且感觉到，他穿着运动鞋悄然无声地走在我身边。他只是不紧不慢地往前走，我却要急匆匆地跟上他的脚步。走廊里没有别人，只有我们俩。所有的墙壁都是白色的。我不知道我们要去哪里，我只是跟着他，去他的脚步带我去的地方。后来，他在一扇高大的棕色房门前停下。他叩了下门。里面有一个声音说了一句什么。他轻声嘱咐我："我会在这里等你，不要害怕！"他推开那扇门，我能够感觉到，门也是他关上的。写字台后坐着一位戴眼镜的女士，年龄很大。她打了一个手势，示意我再走近一点。晚上，我在爬上我的铺位之前，问一个脸庞黝黑的男孩之前那个接我来的男孩是谁。对方没有回答。这两天都不可以讲话。教养院里到处设有木匣，如果有谁说话，他的名字就会被值日生或其他任何人写到一张纸条上，丢进木匣里，如果违背了其他的规定，也必须通过木匣举报。当我们排队走进食堂时，我不知道应该坐在哪里。长桌和长椅。很难从长椅后面爬进去。在绘有圆点图案的瓷缸里盛着可可奶，那时我还不知道，这将是每天的早餐，因为太烫了，所以我们只能慢慢喝。我看到了一个空位，就在那里坐下来。那个黑脸的男孩也坐在旁边，他的名字叫安杰尔·亚诺什。两天过去了，现在已经可以说话了，熄灯后，他把我从铺上叫下来，因为他睡在我的下铺，他告诉我，他是在法国出生的，之所以被送到这里，等一会儿会跟我细讲，但现在要我先说点什么。可是我感到自己的脑子里一片空白，什么都想不起来。我感觉到，不好再次向他追问那个拥抱过我的男孩是谁。住在这里一定要小心，不要被别人往木匣里塞字条举报；谁一旦遭到举报，就不得不去德热老哥那里报到。德热老哥的脖子上总是挂着一只哨子，只要哨声一响，所有人都要跑到各自的床边立正站好，德热老哥会带着两名年龄大些的男孩子过来，对遭到举报的孩子的柜子进行搜查。我得到了几套衣服和运动鞋，蓝色的，还有另一双鞋、牙刷、肥皂和毛巾。在餐厅里，在一个大托盘里摆满了涂着黄油的面包片。只要德热老哥一吹响哨子，我们就可以坐下来，每个人都抢着从托盘里拿大片的黄油面包。每个人可以吃两片。之所以大片的更好，是因为能将抹了黄油的那一面向里对折起来，这样就可以把它塞到衬衫下带回宿舍，等到晚上熄灯后，朋友间互相分享。安杰尔那里还有盐。熄灯后，朋友们会跑到彼此床上。但是一旦有人举报，即使他们将黄油面包藏到柜子里或床垫下，还是能够被人发现。谁那里被查出了黄油面包，谁第二天就不能喝可可奶。早晨我们要裸着身子参加晨练。每个人都感到非常羞惭，因为这时候女人们会来到厨房上班。锻炼之后，我们还要跑步，而且没有人知道，今天能不能去湖里游泳。如果我们可以游泳，那么德热老哥就会大声吼道："跑步去湖边！预备……！急什么，我还没有发令呢！预备……！怎么啦？我还没有发令呢！预备！跑！"他的哨声一响，我们立即撒腿狂奔。当他再吹响哨子时，我们就必须从湖里爬上岸。如果谁最后一个从水里出来，谁第二天谁就不能下湖游泳。因此，我们通常只是在离湖岸很近的地方相互戏水。早晨，在这里，各组同学都聚集到一起。只有迈列尼·维尔莫什总是游进湖中。德热老哥总是哈哈大笑，因为每次都是他最后一个上岸。但是，迈列尼并不会被算在受罚者之列。他从桥下爬上岸，然后朝我们跑过来。我注意到，迈列尼的大腿上有一条很粗的血管，而且明显可以看到分支。星期五，我们在打扫完卫生之后去洗澡。但是从星期六早上开始，我们就被禁止说话，不可以发出任何的声音，要这样一直坚持到星期一早晨。我们带着肥皂和毛巾去浴室。安杰尔告诉我，大孩子们会在浴室里做些勾当，但是我并不明白他说的话。有一次，去洗澡时，我说肚子痛。当大孩子们进去之后，我又跟德热老哥说，肚子不疼了。他允许我跟他们一起进去洗。大孩子们可以在淋浴蓬头下站很久，一直洗到锅炉里的水全部用完，因为他们是最后一批洗澡的人。但是他们什么也没做。安杰尔撒谎，他们只是互相看着而已。当时，迈列尼·维尔莫什已被从我们中间驱逐。有一次，发生了这样一件事。我们下楼来到食堂里，这时候教导员老师都已经走了。一开始，大家都很安静。没有老师回来。过了一会儿，大孩子们开始在钢琴下嬉笑打闹。只有他们在那儿。维尔莫什也在他们中间，在钢琴底下，我盯着他看。当他从钢琴下爬出来时注意到了我，并向我招手。安杰尔是我的好朋友，但是我并没有告诉过他，我更喜欢维尔莫什。我担心他会注意到维尔莫什向我打招呼。如果朋友之间打架，他们也会通过木匣相互举报。这时候，女校长也下楼来到食堂。我们几乎见不到女校长，假如没获得特别的许可，就连通向她办公室的那条走廊也是禁止进入的。当我从那扇棕色房门里走出来时，带我来的那个人已经不见了，而刚才我心里一直都在想着，他肯定在门外等着我。女校长头发蓬乱，好像没有梳理过。她穿着一件白色长衣坐在那里，这屋里的窗帘也是白色的。她鼻梁上的眼镜滑了下来，她向上托了一下；她向我招手，叫我走近一些。我感觉到脚下厚厚的地毯，就像在爷爷的房间里，如果能看一看地毯上的图案该有多好。"坐下吧，小家伙，让我们稍微聊聊吧。"椅子很凉。阳光透过白色的窗帘照进来，我看不清楚她的脸和那双被挡在镜片后的眼睛。我仿佛置身于一个白色的世界，白光中有一个声音向我这边传来。"首先，我代表我本人和教养院的全体同事向你致以热烈的问候。"她说话的时候，好像连嘴巴都不用动。她轻声地说："你一定很累，一定没有睡觉，我可怜的孩子。但你马上就可以彻底休息一下了。几天后，一切都会好起来的。我希望，这里能够帮助你恢复健康。我们也会给予你力量。在这里，你将成为一个训练有素、意志坚强的人。你困了吗？也许我们应该明天再谈？""我不困。""嗯，那好。简而言之，在这里，你将开始新的生活。为了能够成为这个集体中有用的成员，你仿佛现在刚刚出生，必须用新生活替代旧的过去；那样一来，你就可以做一个新人！在这里，在我们这儿，最讲民主。因此，无论你有什么想法，或感觉到什么，都可以随时告诉我或任何人。当你跟我谈话时，不要像跟成年人那样拘谨，而要将我也视为集体中与你平等的一员，就像跟朋友那样开诚布公。我们也不会像哄孩子那样对你们娇声细语。你明白吗？""明白。"她语调温和，灰白的头发在灯下闪闪发光，我为自己困得眯上了眼睛而感到羞愧。"现在言归正传，"女校长摘下了眼镜，我终于看见了她的眼睛。她的眼睛是蓝色的。"在这里，那些将要和你成为同伴的孩子们，也都有着与你相似的命运。他们必须放下父母罪孽的沉重包袱。在这方面，我们，还有你高年级的朋友们，都将为你提供很大帮助。你想知道这话是什么意思吗？"她的眼睛重又消失在闪闪发亮的镜片后。她站起身来，走到我身边，将手掌放在我的肩膀上。她用力搂住我并轻轻摇了摇。我不敢闭上眼睛。"以前那个你管他叫父亲的人，以后不再是你的父亲了。他犯下的罪孽使他不再配当你的父亲。你大概还不清楚我在说什么吧？""他是叛徒。"我平静地说。女校长紧紧地搂住我的肩膀，她的脸微微抽搐，我透过她的镜片看到，她忍不住哭了。她的嘴和眉毛都不断地抖动，我看得出来，她极力想要控制住自己的情绪，但无论怎么努力都无济于事；她只是将手掌压在我的肩头。"我的上帝！"泪水从金丝边眼镜的精致镜框下涓涓流下。"是的，"她低声说，"他也背叛了你。"她一边快步走到窗前，一边摘下眼镜，然后用拳头擦拭了一下眼睛。"对不起！我又克制不住自己的情绪了。我本不应该这样失态。总之，你必须忘掉他。"她将窗帘拉到一边，眺望窗外。阳光穿透她身上的那件白色长衣。她微笑着向我转过身来。"过来！"她搂着我的肩膀，我们一起眺望窗外。在楼下的庭院里，孩子们站成整齐的队列。密密麻麻的人头。他们跟在门外等我的那个男孩一样，都穿着同样的白色运动服和蓝色裤子。整座庭院都被一行行的队列布满。他们精神抖擞、井然有序地排成纵队，纪律严明，一动不动。在他们黝黑的肩膀上，白色运动背心的肩带十分醒目。在高高的木杆上悬挂着一面旗帜，旗子在风中轻轻飘摆。阳光灿烂。我暗中期待，希望有谁能够抬起头朝我这边看，然而他们的目光全都投向前方。"现在，在这里，罪恶在我们中间也已经开始抬头。"她低声说，"惊人的罪恶，可怕的罪恶。因此我们要求大家完全静默两日，为了能让每个人都清醒过来，对在这里发生的事情进行反思。如果你从我这里离开，去到宿舍里，会看到我们在第四列的第三行为你留出了一张空床铺！从那时开始的两天，你也不能跟任何人说话，也没有人可以跟你说话。你要记住，两天！现在，你可以走了！"

无论在办公室门口还是走廊里，我都没有找到他的身

246

影。那个男孩并没有等我。我来到庭院里，很长时间都不知所措，没有找到自己该站的位置。寂静中，只有脚下的砾石咯吱作响，十分刺耳。后来，我跟他们一起站在那里。站在我旁边的男孩微微屈了一下膝盖，然后重新站直。那男孩这样反复屈伸了好几次。起初，我站得笔直，但是后来我也感觉到累了，也不得不稍微屈一下膝盖。站在我面前的男孩也会时不时地弯一下膝盖，休息片刻。但从我们头顶上的某个地方，突然传来刺耳的哨声。"立正站好，要保持一动不动，你们忘了吗？"有人从那里大声训斥。但是即使这样，站在我前边的男孩还是时不时地弯曲膝盖，站在我旁边的也一样。从我站的这个位置，无论怎么寻找，都没有看到那个金发男孩。旧凉鞋很勒脚，而那双新的橡胶底运动鞋放在我的橱柜里。大家陆续回到了楼内，接下来发生的已是第二天的事情。我们绕着院子跑了好几圈。吃饭时，我不知道自己应该坐在哪儿。我旁边的男孩将一片抹了黄油的面包塞到了背心下。当没有人再往那边看时，不知是谁发出嘶嘶的声音。有人一把掐住了我的后脖颈，正是刚才带我进院子的那个男人。我们沿着另外一条走廊往前走，然后下了楼梯。他推开了一个房间的门。这里很黑。他打开灯，给了我一双蓝色运动鞋、一双便鞋，还有背心、裤子、运动服、肥皂、牙刷和毛巾。他在一个本子里记了些什么。然后他又掐住我的后脖颈，我们一起上了楼。我们进到那个房间。我感觉这并不是一个房间，只是像一个房间。他打开柜子，柜门上有五个小圆孔，并且用动作向我示意，该把什么东西放在哪个位置。他并没有开口说话。然后，他将手掌放在上铺，拍打了两下。之后他再次掐住我的后脖颈，我们离开了房间。随后穿过庭院，走进一座教堂，但是里面和我们常去的教堂不一样。我没有看到任何装饰物，祭坛的位置有一个长方形台子，台子上放着一张桌子，桌子上铺着红色的桌布。所有人都等在那里，只有我的那个位置还空着。我站到他们中间，跟他们一起站在那儿。如果我稍微扭一下头，就可以看到白色墙漆下透出的彩色壁画的斑点。头顶上方，阳光透过狭长窗户的彩色玻璃投射进来。我联想到阁楼上的窗户。我们听到门被关上了，但是谁都没有动弹，只是偶尔弯一下膝盖，我也是。我从这里看到了他的头发，但不能确定是不是他。我突然想起，我跟狗一起在草地上打滚。铁门开了。我们飞跑，脚步在桥上发出咚咚声，几只天鹅朝湖心游去。我们坐在一片空地上，那个掐住我脖子的人坐在中间，每个人都可以看自己想看的方向，只是不能说话。午餐时，我吃不下东西，于是踢了坐在我旁边的那个男孩一脚，他迅速将我的那份肉拿到了他的盘子里。他龇着牙发出嘶嘶声。晚上，他睡在我的下铺，但我在爬上自己的铺位之前小声地问他，那个曾来这里接我、刚才在空地上坐在我们对面的金发男孩叫什么名字。他没有回答我。当我醒来时，不得不捂住眼睛。灯亮着，我一时不知道自己身在何处。我们站在床铺前。所有的东西被从柜子里掏了出来，乱扔在地上，我们要把它们放回去，要放得更加整齐。早晨，他们升起了旗子，但是我们没有去教堂，也没有去空地。午饭后，我们留在了食堂里。这里还有一架钢琴，琴盖上面挂了一把锁。直到吃晚饭的时间，大家都必须坐在各自的位置。晚饭之后，我们列队站在教堂里，门开了，他们走了进来，从队列中间走过，但是不理睬任何人，径直往前走。第一个进来的是女校长，跟在她身后的是那个掐住我脖颈的男人和另外几位老师。他们站到台子上，在桌子后面落座的女校长摘下了眼镜，瞅了另一个人一眼。这时候，另一个人大声喊道："稍息！"但随后他忍不住咳嗽了两声。

现在每个人都可以活动一下自己的膝盖了，想怎么放松就怎么放松。女校长打了一个手势，其他人也都在桌子后落座，但是女校长仍旧站着，又重新戴上眼镜。她抬起了头。我想检查一下这个大厅里的电灯，想看看它们是否都能正常照明。"我们静默了两天。现在，当你们又重新听到人类的语言，听到讲话的声音，毫无疑问，对我们每个人来说都会感到奇怪和惊诧。"她向我们伸出手，注视着我们，她的眼镜片闪亮反光，这副样子看上去好像她在生我们的气，尽管她说话的声音不高。"我们之所以要求大家周末保持静默，是想让你们在静默之后能够永远记得将要发生的事情。请把那两名同学从地下室带上来。"两位老师立刻从桌旁起身，从站成两排的男孩子中间穿过，走出了教堂。在我们等两位老师回来时，女校长站在那里，好几次摘下眼镜又重新戴上。另一个人咳嗽了几声。过了一会儿，那两个人从我们背后走上前来。我很担心被带来的男孩会是他！担心他被关在了地下室里！不过，被带来的是另外两个男孩子，他们的两只手都被绑在身后。两位老师登上台子，叫两个男孩把脸转向我们；两个男孩都稍微叉开双腿，我不知道这是因为什么。一个男孩将头高高地扬起，但

250

闭上了眼睛。另一个男孩好像在队列中寻找什么人，眼珠转动，但是无论他往哪边看，都没能找到。老师们的椅子咯吱作响。女校长抬起手指向两个男孩，等到教堂里安静下来，椅子不再咯吱作响，她才说："你们看！这是两个罪人，他们在灵魂深处犯下十分严重的罪孽，即使绞死他们也不为过。但我现在想谈的并不是这个。我的愤怒超过了厌恶。现在，我们请勇于跟犯罪做斗争的德热老师发言。有请！"她指的就是那个掐住我脖子的男人。他站了起来。脖颈上挂着一只用线绳穿着的哨子。他大声吼道："迈列尼·维尔莫什出列！站到这儿来！"维尔莫什从我的身边经过，身后还带着一小股风。他低着头，脚步缓慢地走过去，站到另外两个男孩跟前。他懒洋洋地扬起头，为了不让自己卷曲的长发垂到额前。正是他，迈列尼·维尔莫什。"大家看看！他们都到齐了！现在这三朵堕落之花可以摆在一起供大家欣赏！但是，你们中那些现在正低着头站在队列里试图侥幸逃避惩罚的家伙，不要以为可以自欺欺人！那是不可能的！我不会放过你们中的任何一个！我不会被你们牵着鼻子走！看看这几个肮脏的家伙！舒豪伊道奋拉着眼皮，看上去很无辜！像个胆小的老鼠！他都不敢直视同伴们的眼睛。再看看另外那个，已经吓得浑身颤抖，把屎拉在了裤裆里！没什么好笑的！我看只有迈列尼显得很镇定。当然啦，因为他以为自己已经把所有的事情都安排妥当。然而事实上，他才是那个最令我们厌恶的人！让我们稍微控制一下自己的情绪！让我们冷静下来，尽量不被情绪左右！事实上，我们始终都要坚持用事实说话，你们将会看到，在教育委员会正式公布最终决定之前，我会怎样平心静气、审慎而详尽地向你们讲述那些可怕的事实。事情是这样的！星期五中午，迈列尼找到我并告诉我说，舒豪伊道和施塔尔克委托他从厨房里偷走一把长刀。这刀是你偷的对吧，迈列尼？""是的。""迈列尼向我透露了他们偷这把刀的目的，由于他们知道，我夜里睡觉时从来不锁房门，而从值班员桌子的这个角度，可以准确地看到我什么时候回到自己的房间，因此他们计划在那个星期五夜里，伺机闯进我的房间杀掉我。就在那个星期五的中午，我告诉迈列尼，就让他们来杀我吧！迈列尼主动扮演了捕鼠器的角色。事情还真就这样发生了！星期五，轮到施塔尔克任值班员。他坐在我房间门的正对面，将刀藏在了值班员桌子的抽屉里。舒豪伊道跑到了院子里，从那里观察我什么时候关掉电灯。我在九点二十五分把灯关上。他们按照约定等了半个小时。迈列尼负责守在主楼梯旁，发出信号，'空气很干净'。是这样吗？舒豪伊道！"男人问道。"是的。"迈列尼应道。"于是在十点钟时，舒豪伊道再次看了一眼窗户，然后从花园进到屋内，施塔尔克从值班员桌子的抽屉里取出刀，关掉了走廊里的灯。是这样吗？施塔尔克！""是的。""迈列尼再次发出信号，表示可以行动了！随后，他们蹑手蹑脚地走进我的房间，舒豪伊道猛地推开房门，施塔尔克纵身扑向床边，挥刀向我猛刺！要不是我坐在扶手椅里，肯定就被他刺中了。就在那一刻，我突然打开手电筒，一束强光投向他们的眼睛。就这样，他们的犯罪证据也留了下来，因为刀刺破了我的被子。我大声喊道：举起手来！你们可以看到，现在我是多么镇定地向你们讲述了这个血腥的故事。现在，我向大家宣布教育委员会做出的决定。我们不会将密谋者移交警方。他们将留在这里，留在我们中间。我们不会逃避我们所应担负的任务。我们之所以在这里工作，就是为了铲除残留在我们队伍中的那些罪恶，我们要将它们彻底消灭！舒豪伊道和施塔尔克仍会作为我们这个集体中的成员留下来。你们会问：

他们犯下了如此令人发指的罪行，难道还能留在这里？是的。对他们来说，最大的惩罚莫过于：我还活着，他们也继续活着，或者说，他们没能作为他自以为光荣的英雄死去。我们也不否认，在他们身上也有一些值得肯定的优点。比如说，他们很勇敢，只是将自身的勇敢用在了犯罪活动上，所以才会遭受惩罚。你们不用担心，我可以向你们保证，他们会因为自己的所作所为而承受痛苦。迈列尼则是一个可耻的叛徒！假如有谁想要为他开脱，可以说他之所以出卖同伴是为了立功，但是他这么做并非出于诚实，而是出于卑鄙的懦弱。因此，教育委员会做出决定，他也继续留在这里，但是不能再成为我们集体中的一员，由于他的懦弱，我们将他从我们中间驱逐出去。我们要从已经发生的事件中总结教训，进行反省。一方面，为了防止犯罪势力重新抬头，我们正从严制定《教养院规则》。另一方面，为了杜绝这种卑鄙、懦弱的背叛再次发生，我们在走廊的不同位置安放了举报箱。因此，无论谁有话想跟我们说，或者想要抱怨什么，都可以写下来，然后将纸条塞进木匣子里。为了郑重地纪念这部恐怖喜剧，我特此宣布将大扫除日从星期六提前到星期五；这样一来，我们可以在星期五清除外部垃圾，在星期六清除内部垃圾。从星期六的晨铃声起，到星期一的晨铃声止，整座教养院都必须保持静默！因此大家注意！现在！解散之后，从我宣布解散那一刻开始，谁都不许再说话！所有人。你们所有人都听见我说的话了吧?! 记住，直到明天早晨。在明天早晨之前，你们将有充足的时间总结教训，深刻反省。现在各小队注意！准备休息！现在你们可以按小队依次退场。"如果我们在星期六的午饭后解散休息，我们的脚步会将木桥踩得咚咚作响，受惊的天鹅们向湖心游去，透过窗户可以看到，它们会在天黑之前游回到桥下。楼里已经开始供暖，但是夜里禁止关上窗户。如果草是湿的，我们就站到空地上。德热老哥出去散步。秋叶纷纷落下。有一次，我们下楼来到食堂，教导员们都已经离开，不知去了什么地方，大孩子们在钢琴下嬉戏打闹，我看到迈列尼从钢琴底下爬出来，朝我招手。后来，女校长也来了。她说，教养院被解散了，因为它的使命已经完成，每个人都将被安置到别的地方。但是之后什么也没发生，时不时还会送进来一个新孩子。早晨，我们已经不必再裸着身子跑步，而是在小教堂里举行晨练，因为下雪了。德热老哥承诺说，我们将得到滑雪橇和滑雪板，我们将进行一次长途旅行。有一次，熄灯之后，迈列尼从门口探进头来，示意我出去。安杰尔也看到了这一幕。我来到走廊里，当时我已经穿上了睡衣，但是他还穿着外衣。他说，火车将在夜里出发，他要被送去拉库茨军校上学，如果以后能有机会出来，他肯定会回来看望我，以后我也可以去那里找他。我害怕他会再次拥抱我，但我们只是握了一下手，他沿着走廊离我远去。安杰尔并没有问我迈列尼来这里想干什么。我以为他会举报我，但是什么也没有发生，所以他还是我的好朋友。只是有一天早晨，晨铃响后，德热老哥进来了，他宣布说赫杰斯和安杰尔从今天开始调换一下铺位。因此，赫杰斯现在睡在下铺，安杰尔睡到了上铺，靠着窗户，正好在我对面。当然，熄灯后我不能再去他的床上。我觉得他们这么做，很可能与迈列尼有关，因为他曾跟我在走廊里交谈过。赫杰斯是我们当中最笨的家伙，正因如此，我既不想把他叫到我的上铺，也不愿意去他的下铺。我不想让大家看到我跟他在一起，因为我还是觉得，安杰尔是我的好朋友。以后我也会去上军校。在星期六和星期天，宿舍里总是很安静，没有人说话。假如我们谁想说些什么，就会从牙缝里发出嘶嘶的声音。湖边有一座为天鹅盖的小木屋，能让它们在湖水结冰时有处栖身。我们从军队那里只得到了两副滑雪板，滑雪板是白色的，上面饰有迷彩图案。星期六，德热老哥带着舒豪伊道去滑雪。我忽然想起我们以前的争论是多么愚蠢：谁应该坐在滑雪橇的前边？总是妈妈坐在前边，孩子坐在中间，爸爸坐在后面控制方向。不管怎么说，我们都很喜欢德热老哥。如果在夜里听到警报声，我们就会以为教养院现在就要解散。如果舒豪伊道和施塔尔克将柜子里的东西掏出来乱扔，并且浑不讲理，德热老哥就会劈头盖脸地骂他们一顿，训斥他们过于野蛮。他做事很公允。浴室里的淋浴头非常少，我们互相争抢，推推搡搡，我们可以肆无忌惮地大嚷大叫。现在，安杰尔不再让我给他的后背打肥皂了。一天清晨，晨铃还没有响起，有人大喊了一声。他坐在床上大声叫嚷。所有人都被他吵醒了。我正在做梦，梦见有一只小猫掉进了运河，其他的猫四散奔逃，但是最终它们也都掉了进去，河水很深，猫妈妈想追上它们，但梯子是铁的，它的爪子无法抓住，因此它也掉进了浑浊的水中。屋外的天还很黑，时间尚早，拂晓时分。克罗日瓦利坐在床上突然发出尖叫。这时候，所有人也都跟着他一起尖叫起来。大家在各自的床铺上蹦跳，有人开始扔枕头。不是我。同时每个男孩都最大限度地放开嗓门大声喊叫。枕头横飞。这时候，我看到安杰尔跪在他的床上，大声吼着将枕头举起来瞄准我，随着一声叫喊，枕头砸到我的脸上。我暗自高兴，看来他还是我的好朋友并且喜欢我。我也兴奋地尖叫起来，拿起了枕头，我一边叫喊一边从床上跳起来，由于弹簧很好，我的整个身子都被弹了起来，我大吼一声，向他瞄准，使尽全身气力将枕头扔了回去，朝安杰尔扔去，直冲他的脸飞去！枕头在飞，我的腿被什么东西卡住了，卡得很紧，他缩了一下脑袋，枕头从敞开的窗口飞了出去！地砖坍塌，向我砸来，黑色的，白色的。碎石迸溅。黑暗中，喊叫声向我这边传来又渐渐飘远。哪里有扇门开了。仿佛灰色在某种柔软的白色中央。很冰冷。碎裂声。空蜗牛壳。"醒一醒！你能听到我说话吗？"柔软的根须，黑暗，看不到更深处。无法看见。

文景

社 科 新 知　文 艺 新 潮

Horizon

故事终结

[匈牙利] 纳道什·彼得　著

余泽民　译

出 品 人：姚映然

责任编辑：张　晨

营销编辑：杨　朗

封扉设计：山　川

美术编辑：安克晨

出　　　品：北京世纪文景文化传播有限责任公司

　　　　　　（北京朝阳区东土城路8号林达大厦A座4A　100013）

出版发行：上海人民出版社

印　　　刷：山东临沂新华印刷物流集团有限责任公司

制　　　版：北京百朗文化传播有限公司

开 本：850mm×1168mm　1/32

印 张：8.125　字 数：123,000

2024年7月第1版　2024年7月第1次印刷

定 价：69.00元

ISBN：978-7-208-18822-8/I·2142

图书在版编目（CIP）数据

故事终结 /（匈）纳道什·彼得著；余泽民译. ——
上海：上海人民出版社，2024
ISBN 978-7-208-18822-8

Ⅰ.①故… Ⅱ.①纳… ②余… Ⅲ.①长篇小说－匈
牙利－现代 Ⅳ.①I515.45

中国国家版本馆CIP数据核字（2024）第058189号

社科新知 文艺新潮 | 与文景相遇

微信公众号	微 博	豆 瓣
bilibili	抖 音	小红书